D1433575

DE JACHT OP VERMEER

DE JACHT OP VERMEER

BLUE BALLIETT

GEÏLLUSTREERD DOOR

BRETT HELQUIST

VERTAALD DOOR ELS MUSTERD-DE HAAS

VASSALLUCCI AMSTERDAM 2004

Oorspronkelijke titel: *Chasing Vermeer*
Oorspronkelijke uitgave: Scholastic Press
© Tekst: Elizabeth Balliett Klein 2004
© Illustraties: Brett Helquist 2004
© Vertaling uit het Engels: Els Musterd-de Haas 2004
© Nederlandse uitgave: Vassallucci, Amsterdam 2004
Omslag- en boekontwerp: Marijka Kostiw
Illustraties omslag: Brett Helquist 2004
ISBN 90 5000 653 1
NUR 280
www.vassallucci.nl
www.dejachtopvermeer.nl

✖✖✖*De jacht op Vermeer* is een zelfbedacht verhaal. Sommige situaties en plaatsen komen overeen met de werkelijkheid, andere zijn aangepast of geheel verzonnen.

Dankbetuigingen:

✱✱✱Ik wil de honderden studenten aan de University of Chicago Laboratory Schools, met wie ik heb gewerkt, bedanken. Ze hebben me veel geleerd over *denken en zien*. Ik ben dank verschuldigd aan Lucinda Lee Katz, Beverly Biggs, en mijn collega's van Lab, die me de gelegenheid gaven les te geven én te schrijven. De Mary Williams Award was een enorme verrassing en een grote steun. Speciale dank gaat uit naar mijn mentor en vriend Bob Strang, die me kennis liet maken met de wereld van de pentomino's en de wonderen van constructivistisch onderwijs.

✱✱✱Er zijn verschillende meningen over Vermeer, zijn werk, en het precieze aantal schilderijen dat hij heeft gemaakt. De feiten in dit boek heb ik gebaseerd op het onderzoek van Arthur K. Wheelock, Jr., curator van Northern Baroque Paintings in de National Gallery of Art in Washington D.C. en auteur van verschillende, fascinerende boeken over Vermeer. Ik ben dr. Wheelock erg dankbaar dat hij al mijn vragen heeft willen beantwoorden. Ook wil ik hem bedanken voor zijn advies over de spierkracht van elfjarigen.

✱✱✱Will Balliett, Betsy Platt, Lucy Bixby, Anne Troutman en Barbara Engel namen allemaal de tijd om eerste kladjes te lezen en ideeën te bespreken, en Nancy en Whitney Balliett hebben steeds weer geholpen – heel hartelijk bedankt allemaal. Mijn agent, Amanda Lewis, hielp me met de grootste vaardigheid door een aantal avonturen. Drie hoeraatjes voor mijn redactrice, Tracy Mack, wier wijsheid, verbeelding en geloof me kregen waar ik moest zijn. Dank aan Leslie Budnick, collega redacteur, die altijd beschikbaar en behulpzaam was.

✱✱✱Ik wil mijn geweldige echtgenoot, Bill Klein, bedanken, die me op duizenden manieren heeft geholpen. Zonder hem zou dit boek er nooit geweest zijn.

Voor Jessie, Althea en Dan, mijn drie
ondervragers ***B. B.

Voor mijn moeder, Colleen ***B. H.

Iemand kan niet veel leren en

zich goed voelen.

Iemand kan niet veel leren en

anderen een goed gevoel geven.

— Charles Fort, Wild Talents

✖✖✖INHOUD

✖✖✖KAART

OVER PENTOMINO'S
EN OVER DIT VERHAAL

✖ ✖ ✖ Een set pentomino's is een wiskundig ge-
reedschap dat bestaat uit twaalf stukken. Elk stuk
bestaat uit vijf vierkanten die op zijn minst met
één zijde aan elkaar vastzitten. Overal ter wereld
gebruiken wiskundigen pentomino's om ideeën
over geometrie en getallen te onderzoeken. Een
set ziet er zo uit:

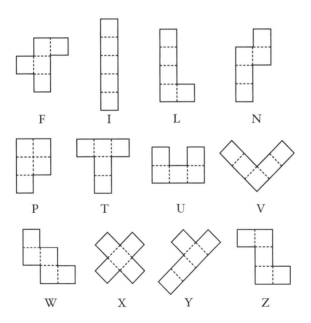

Pentomino's zijn vernoemd naar letters uit het alfabet, al zien ze er soms anders uit dan de letter waarnaar ze genoemd zijn. Na wat oefenen kun je ze gebruiken als puzzelstukjes waarmee je duizenden verschillende rechthoeken van allerlei vormen en maten kunt maken.

Dit boek begint, net als een set pentomino's, met losse stukken. Uiteindelijk zullen ze allemaal samenkomen. Laat je niet voor de gek houden door ideeën die, in het begin, makkelijk lijken te passen. Laat je ook niet voor de gek houden door ideeën die helemaal niet lijken te passen. Pentomino's kunnen je, net als mensen, verrassen.

OVER DE ILLUSTRATIES:
EEN UITDAGING VOOR DE LEZER

✖✖✖Als je goed kijkt naar de illustraties die Brett Helquist bij elk hoofdstuk heeft gemaakt, kun je een verborgen boodschap vinden. Deze boodschap heeft te maken met de pentomino-code in dit boek, maar wordt op een andere manier gepresenteerd. Een levend wezen speelt een rol bij het ontcijferen van de code, en regelmatig verschijnen delen van de boodschap in de illustraties die een rode draad in het boek vormen.

Hier is een aanwijzing: het past soms wel en soms niet op zijn plek. Het heeft net zo veel stukken als een set pentomino's.

Kijk voor het antwoord op:
www.dejachtopvermeer.nl

Hoofdstuk 1   DRIE BRIEVEN

✖✖✖Op een warme oktoberavond werden in Chicago drie brieven bezorgd. Een feloranje maan sierde de lucht boven het Michiganmeer. Bij elk huis werd aangebeld en een envelop achtergelaten.

Degenen die de brief ontvingen, woonden in dezelfde buurt. Toen ze de deur openden, was er niemand te zien. Ze woonden alledrie alleen en konden die avond niet in slaap komen.

Ieder van hen kreeg dezelfde brief:

Beste vriend,

Ik wil je om hulp vragen bij het oplossen van een misdaad die al eeuwen oud is. Deze misdaad heeft een van de grootste schilders ter wereld onrecht aangedaan. Omdat deskundigen niet dapper genoeg zijn om deze fout te herstellen, heb ik het op me genomen de waarheid te onthullen. Ik heb je gekozen vanwege je scherpzinnigheid, je intelligentie, en je vermogen om buiten het gewone om te denken.

Als je me wilt helpen, zul je ruimschoots worden beloond voor alle risico's die je loopt.

Je mag deze brief aan niemand laten zien. Twee andere mensen op de wereld hebben vanavond dit document ook gekregen. Al zullen jullie elkaar waarschijnlijk nooit ontmoeten, jullie zullen samenwerken op manieren die geen van ons kan voorspellen. Als je dit aan de autoriteiten laat zien, zet je zonder twijfel je leven op het spel. Je weet wat je te doen staat. Ik wens je succes met je jacht naar gerechtigheid.

De brief was niet ondertekend, en er stond geen afzender op.

✖✖✖De man was laat aan tafel gegaan. Hij las graag als hij at en was op bladzijde vier van een nieuwe roman. Met zijn boek in de hand deed hij de deur open.

Zijn spaghetti met gehaktballen was koud geworden toen hij weer aan zijn eten dacht. Hij zat lange tijd aan tafel, staarde eerst naar de brief en toen naar de maan buiten.

Was dit een grap? Wie zou de moeite nemen om zo'n brief te schrijven en te sturen? Hij was gedrukt op duur papier, van het soort dat je gebruikt om indruk te maken. Of om op te vallen.

Moest hij zich gevleid voelen? Of achterdochtig zijn? Wat wilde die persoon van hem? Wat voor beloning bedoelde hij?

En wie was het die hem goed genoeg kende om te weten dat hij ja zou zeggen?

✖✖✖Een vrouw lag te woelen in bed, haar lange haar ving het maanlicht op het kussen. In gedachten maakte ze lijstjes met namen.

Hoe meer ze dacht, des te onrustiger ze werd. Ze vond het niet leuk. Kon dit toeval zijn, of was het een slimme waarschuwing? Wat wist deze persoon precies van haar verleden?

Tenslotte stond ze op. Een beker warme melk zou haar zenuwen wel tot bedaren brengen. Ze liep voorzichtig in het donker en gebruikte de bleke rechthoekjes licht die op de vloer vielen. Ze wilde het keukenlicht niet aandoen.

De namen rolden in rijtjes door haar gedachten, elk groepje hoorde bij een ander hoofdstuk uit haar leven. Er was Milaan, er was New York, er was Istanbul...

Maar dit was een uitnodiging, geen bedreiging. Als het vreemd of beangstigend zou worden, kon ze zich altijd nog bedenken.

Of niet?

✖✖✖Een andere vrouw lag wakker in het maanlicht, luisterend naar de wind en een voorbijkomende
politiesirene.

Dit was wel een van de vreemdste toevalligheden die
ze ooit had meegemaakt. Was deze brief krankzinnig
of briljant? En was ze onnozel om te denken dat die
persoon nu juist naar háár schreef? Misschien waren er
wel honderden van deze brieven verstuurd. Was haar
naam uit een telefoonboek gehaald?

Nep of niet, de brief liet haar niet los... een eeuwenoude misdaad. Wat was die persoon van plan?

En hoe zat het met het griezelige deel? *Als je dit aan
de autoriteiten laat zien, zet je zonder twijfel je leven
op het spel.* Misschien was het wel een of andere gek,
zo'n seriemoordenaar. Ze stelde zich de politie voor
die haar flat doorzocht en de brief vond. Ze bogen
zich over haar lichaam en zeiden: 'Jezus, ze had ons
meteen moeten bellen. Dan was ze nog in leven
geweest...'

Een eenzame kat miauwde in de steeg onder haar
slaapkamerraam en ze sprong verschrikt op, haar hart
bonsde. Toen ze weer op het bed zat, deed ze het raam
dicht en op slot.

Hoe zou ze géén ja kunnen zeggen? Deze brief zou
de geschiedenis kunnen veranderen.

Hoofdstuk 2 DE BRIEF IS DOOD

✖✖✖ *De brief is dood.*

Het was vreemd dat een lerares zoiets zei.

Na zes weken in groep acht was juffrouw Hussey nog steeds geen teleurstelling. Op de eerste schooldag had ze aangekondigd dat ze geen flauw idee had waar ze dat schooljaar aan zouden gaan werken, of hoe. 'Het hangt er helemaal vanaf wat ons interesseert – of wat zich voor ons interesseert,' had ze eraan toegevoegd, alsof dat overduidelijk was. Calder Pillay was een en al oor. Hij had nog nooit een juf horen toegeven dat ze niet wist wat ze aan het doen was. Sterker nog, ze was er opgewonden over.

Het lokaal van juffrouw Hussey bevond zich in de Universiteitsschool, in een buurt die Hyde Park heette. De school stond midden op de campus van de Universiteit van Chicago. John Dewey, een ongewone professor, had de school een eeuw geleden opgericht, als experiment. Dewey geloofde in het ondernemen van en werken aan betekenisvolle projecten om te leren nadenken. Niet alle onderwijzers aan de U., zoals de school werd genoemd, waren het nog steeds eens met Dewey's ideeën, maar juffrouw Hussey duidelijk wel.

Ze begonnen het jaar met de discussie of schrijven de beste manier was om te communiceren. Petra Andalee, die het heerlijk vond om te schrijven, vond van wel. Kinderen als Calder, die schrijven juist haatte, vonden van niet. En hoe zat het met getallen? En met plaatjes? En met gewoon praten?

Juffrouw Hussey had hun de opdracht gegeven het uit te zoeken. Ze haalden stapels boeken uit de bibliotheek. Ze leerden over grotschilderingen in Frankrijk, over papyrusrollen in Egypte, over rotstekeningen van Maya's in Mexico, en over stenen tafelen in het Midden-Oosten. Ze probeerden dingen uit. Ze maakten stempels van rauwe aardappels en plakten de muren vol met symbolen. Ze bedachten een gebarentaal voor handen en voeten. Ze communiceerden een hele dag alleen via tekeningen met elkaar. Nu was het half oktober. Zouden ze ooit gewone vakken krijgen, zoals de andere klassen? Calder vond het prima zo. Wat zij deden was echt onderzoeken, echt nadenken – niet alleen leren wat een stelletje dode, beroemde volwassenen dachten. Juffrouw Hussey was cool.

D-O-O-D. Ze had het op het bord geschreven.

Ze hadden het die morgen over brieven, omdat Calder kreunend had gezegd dat hij een bedankbriefje moest schrijven en dat hij dat altijd tijdverspilling vond. Het kon toch niemand iets schelen wat je in een brief zette.

Toen had juffrouw Hussey gevraagd of iemand wel eens een heel bijzondere brief had gekregen. Dat had niemand. Juffrouw Hussey keek erg geïnteresseerd. Toen hadden ze een vreemde opdracht gekregen.

'Laten we eens kijken wat we kunnen vinden,' begon juffrouw Hussey. 'Vraag een volwassene naar een brief die ze nooit meer zullen vergeten. Ik bedoel een poststuk dat hun leven veranderde. Hoe oud waren ze toen ze het kregen? Waar waren ze toen ze het openmaakten? Hebben ze het nog?'

Petra was, net als Calder, gefascineerd door hun nieuwe onderwijzeres. Ze was dol op de vragen van juffrouw Hussey en op haar paardenstaart en de drie oorbellen in elk oor. Eén oorbel was een kleine parel die van een maan naar beneden hing, een andere stelde een hooggehakte schoen zo groot als een rijstkorrel voor en de derde was een piepklein sleuteltje. Petra was dol op de manier waarop juffrouw Hussey zorgvuldig luisterde naar de ideeën van de kinderen en zich niet druk maakte om goede of verkeerde antwoorden. Ze was eerlijk en onvoorspelbaar. Ze was bijna perfect.

Juffrouw Hussey klapte plotseling in haar handen, waardoor Petra opschrok en de kleine pareloorbel begon te zwaaien. 'Ik weet wat! Als jullie een brief vinden die iemands leven heeft veranderd, schrijf míj dan een brief. Schrijf me een brief die ik niet zal kunnen vergeten.'

Meteen schoten er allerlei gedachten door Petra's hoofd.

Calder haalde een pentominostuk uit zijn zak. Het was een L. Hij grijnsde. De L van letters van een brief, absoluut geen dode brief. De L was een van de pentominovormen die je het makkelijkste kon gebruiken. De meeste brieven, het soort dat je verstuurde, waren rechthoeken, besefte hij, net als een nauwkeurig samengevoegde pentomino-oplossing. De L was ook de twaalfde letter van het alfabet en een van de twaalf pentomino's. Vandaag was het twaalf oktober. Calder's oma had eens tegen hem gezegd dat hij patronen ademde zoals andere mensen lucht ademden. Calder zuchtte. Waarom moesten gedachten altijd in woorden worden omgezet? Te veel gepraat was moeilijk om naar te luisteren, en schrijven was, voor hem, een moeizaam proces. Er bleef zo veel achter.

Aan het eind van de les zei juffrouw Hussey: 'Gesnapt? Eerst vinden, dan doen. Misschien ontdekken we wel iets.'

✖✖✖Calder en Petra woonden op Harper Avenue, een smalle straat naast de spoorlijn. Hun huizen stonden drie blokken van de U.school en drie huizen van elkaar. Ze kwamen elkaar vaak tegen op straat, maar ze waren nooit vrienden geworden.

Gezinnen kwamen overal vandaan om te studeren of les te geven aan de Universiteit van Chicago, en veel van hen woonden in dit deel van Hyde Park. Omdat de meeste ouders werkten, waren de kinderen alleen op de campus en gingen ze zelf van en naar school.

Op de middag van 12 oktober liep Petra van school naar huis, Calder liep een half blok voor haar uit. Ze zag hem naar zijn sleutel zoeken en de voordeur opendoen. Ze wist dat zijn zakken vol zaten met puzzelstukken. Hij mompelde soms in zichzelf en zag er altijd uit of hij net wakker was. Hij was een beetje vreemd.

Petra schuifelde door de eerste herfstbladeren en begon een spelletje dat ze vaak met zichzelf speelde: Stel een vraag waar geen antwoord op is. Waarom was geel vrolijk, vroeg ze zich af, en waarom was het altijd een verrassing – zelfs als het verscheen in een gewone vorm, zoals een citroen of eigeel? Ze pakte een geel blad op en hield het voor haar gezicht.

Misschien zou ze juffrouw Hussey hierover schrijven. Ze zou haar vragen of ze het ermee eens was dat mensen vragen harder nodig hadden dan antwoorden.

Op dat moment keek Calder uit het raam en zag

Petra voorbijlopen met het blad vlak voor haar neus. Hij wist dat hij een beetje vreemd was, maar zij was wel érg vreemd. Op school was ze altijd alleen en dat leek haar niets te kunnen schelen. Ze was stil als andere kinderen luidruchtig waren. Bovendien had haar haar de vorm van een woeste driehoek waardoor ze eruitzag als een van die Egyptische koninginnen.

Calder vroeg zich af of hij net zo'n vreemd figuur begon te worden. Niemand had hem gevraagd wat hij na schooltijd ging doen. Niemand had hem gevraagd op hem te wachten. Vroeger was zijn vriend Tommy er gewoon. Nu niet meer.

Tommy Segovia had tot augustus aan de overkant van de straat gewoond. Ze waren goede vrienden sinds groep twee, toen Tommy zijn chocolademelk over Calder's blote benen had gegooid en vroeg hoe dat voelde. Een onderwijzeres was naar hen toe gehold, en Calder had uitgelegd dat het een experiment was en dat het heerlijk aanvoelde. Dat was het begin van een hechte vriendschap.

Hij en Tommy hadden in juli besloten dat ze geen middelmatige kinderen wilden zijn. Ze zwoeren dat ze iets belangrijks met hun leven zouden gaan doen – een groot mysterie oplossen, of iemand redden, of zo goed zijn op school dat ze klassen konden overslaan. Dat was op dezelfde dag dat Calder zijn eerste set pentom-

ino's had gekregen. Een neef in Londen had ze hem als cadeau voor zijn twaalfde verjaardag gestuurd, al was Calder pas aan het eind van het jaar jarig.

De pentomino's waren van geel plastic en klikten tegen de keukentafel op een bevredigende, besliste manier. Vastberaden legde Calder de vormen in de ene combinatie na de andere, waarbij hij ze omdraaide en heen en weer schoof. De grootste rechthoek die hij tot nu toe in elkaar had gezet was zes stukken groot. Er kwam een briesje door de achterdeur binnen, en twee duiven die hun nest op de achterveranda hadden, zaten te koeren. Ze maakten dat glijdende, borrelende geluid dat Calder altijd deed denken aan de zomer.

Vreemd genoeg herinnderde Calder zich nog ieder detail van die ochtend met Tommy.

Opeens had hij geweten wat hij moest doen. De Y moest in de U, die weer naast de P moest passen. Hij herinnerde zich zelfs de volgorde van de letters YUP. Hij had zijn eerste twaalf-stukker gevonden, en snel ook. Toen hij daarna opkeek, zag hij de pentominovormen overal in de keuken. De scharnieren van de kastjes waren L-en, de kranen waren X-en, de pitten op het fornuis stonden op N-pootjes. Misschien kon de hele wereld wel vertaald worden in een soort pentominocode, net zoiets als een morsecode. En op dat moment wist Calder dat hij een geweldige probleemoplosser zou worden. Tenminste, dat vertelde hij Tommy, die hem tegen zijn arm stompte en zei dat hij een verwaand mannetje was. 'Ja,' had hij met een grijns gezegd.

Calder voelde zich tegenwoordig niet meer zo verwaand. Hij keek op de klok. Hij was al laat. Toen Tommy was verhuisd had Calder zijn baantje bij Powell's Tweedehands Boeken overgenomen. Calder werkte er nu één middag per week. Hij bezorgde boeken in de buurt of hielp dozen uitpakken. Nu Tommy weg was, had hij daar tenminste iets te doen.

Calder goot een glas chocolademelk naar binnen, propte een koekje in elke wang en ging er haastig vandoor.

✖✖✖Powell's was een van Petra's meest geliefde plekken – het was er rustig en je wist nooit wat je er zou vinden. Het leek meer op een pakhuis dan op een winkel – overal stonden stapels boeken en de ruimtes liepen onlogisch in elkaar over. Al was Petra er al vaak geweest, ze vond het nog steeds een doolhof: de ene vaag verlichte ruimte leidde naar de volgende, en opeens was je weer terug bij het begin zonder te weten hoe je er gekomen was. Niemand vroeg of hij je kon helpen. Niemand fronste als je las, maar niets kocht.

Petra's moeder had haar gevraagd melk en brood te

halen bij de kruidenier om de hoek. Powell's lag op de route.

Petra was net op een krukje gaan zitten met een exemplaar van *Ontvoerd*, toen ze een lange paardenstaart langs zag wippen.

Juffrouw Hussey?

Petra stond behoedzaam op. Ze gluurde om de hoek, erop voorbereid om te doen alsof ze verrast was. Er was niemand te zien. Petra keek langs rijen kookboeken. Ze liep stilletjes door de volgende ruimte, langs Engelse Geschiedenis, Psychologie, en Huisdieren. Ze wilde alleen maar weten wat juffrouw Hussey las.

Verdorie – de enige die ze zag was Calder. Hij stond gebogen over een doos met boeken, met een stuk papier in zijn hand. *Draai je niet om, waag het niet je om te draaien,* dacht Petra. Ze wilde niet dat iemand uit haar klas haar zag spioneren.

Ze liep op haar tenen de volgende hoek om. Juffrouw Hussey zat op haar hurken bij de kunstboeken. Petra kon niet zien waar ze naar keek, maar ze zag wel verschillende boeken naast haar op de grond. Agatha Christie, Raymond Chandler – juffrouw Hussey bewoog plotseling en Petra sprong achteruit.

Tot haar verbazing stond Calder vlak achter haar. Hij had vast gezien wat ze aan het doen was. In een reflex probeerde Petra zijn mond te bedekken, maar haar hand hield stil in de lucht. Ze keken allebei even geschrokken. Calder, die zich het eerst herstelde, gluurde om de hoek. Hij dook weer terug.

'Ze komt eraan!'

Ze konden niets anders doen dan zich verstoppen, dus renden ze Geschiedenis uit en Fictie in. Juffrouw Hussey stond nu bij de kassa. Ze liet haar boeken neerploffen en begon te praten met meneer Watch, de man met de rode bretels die meestal bij de kassa stond. Ze lachten. Kenden ze elkaar?

'Kun je zien wat ze koopt?' fluisterde Petra. Calder liep snel achter hun onderwijzeres langs, zijn ogen op de toonbank gericht. Juffrouw Hussey keek niet om.

'Moord en een groot kunstboek – *Ned* en nog wat,' mompelde hij tegen Petra toen hij terugkwam.

Juffrouw Hussey verliet de winkel met haar aankopen. Even later kwam Petra met lege handen en rode wangen naar buiten. Ze was woest op zichzelf.

Powell's was altijd haar eigen schuilplaats geweest, haar toevluchtsoord. Nu had ze daar met Calder gepraat. Ze had hem haast aangevallen. En hij had gezien dat ze juffrouw Hussey bespioneerde.

Wat had ze in gang gezet?

Hoofdstuk 3 VERLOREN IN DE KUNST

✖✖✖Twintig minuten later zat Petra aan haar bureau in haar slaapkamer en deed haar schrift open. *Brieven. Denk aan brieven.*

De trein van 17.38 naar het zuiden passeerde Petra's raam precies drie seconden eerder dan dat van Calder. Ondertussen schoot hij langs de Castigliones en dan langs de Bixby's – Petra had wel eens berekend dat hij per seconde een huis op Harper Avenue passeerde. Ze hield van treinen. Ze keek naar buiten en zag een schreeuwerig rode hoed voorbijflitsen, een kind met een paars jasje tegen het raam gedrukt, een kaal hoofd net boven de strakke rechthoek van een krant. Ze had gemerkt dat kleuren soms uitvloeiden als ze zo snel voorbijflitsten.

Ze schreef:

> 12 oktober
> Geel blad: verrassing.
> Schreeuwerige hoed, vierkante jas, kaal
> hoofd als maan: rood, lavendel, zalm.
> Vraag: Wat wil juffrouw Hussey echt
> dat we zien?

'Peeeetra! Kun je me weecee-paaa-pier brengen?'

'Kom eraahaan!' Petra zuchtte diep en stond op om haar jongere zusje te helpen.

Bij Petra thuis was het als een wervelstorm waar het leven in luidruchtige cirkels ronddraaide. Gymschoenen, boeken en rugzakken reisden op onzichtbare stromen door de kamers, er lag altijd eten op de grond en buiten stonden een of twee oude koekenpannen op de traptreden voor de achterdeur. De katten en de hond dronken uit wanhoop uit de wc's, omdat hun bakken 's ochtends niet met water gevuld werden, en alle gezinsleden praatten zo hard ze konden.

Petra zou willen dat het anders was. Ze wilde dat haar ouders rustig aan het avondeten zaten en vroegen hoe haar dag was geweest. En dat haar vier jongere broertjes en zusjes zakdoeken bij zich hadden in plaats van in het openbaar stromen viezigheid aan hun mouwen af te vegen. Ze wilde dat ze niet verlegen was, dat ze niet de vorm van een boon had, en dat haar linkeroor niet verder uitstak dan haar rechter. Ze wilde dat ze al een beroemd schrijfster was, en niet door het stadium van onbekendheid heen hoefde. Ze wilde dat haar moeder nooit *baba ghanoush* in haar broodtrommeltje deed. Toen Denise Dodge zich over haar heen had gebogen tijdens de middagpauze en had gegild: 'Jakkie! Wat is dát?' had Petra haar wel ter plekke willen vermoorden. Maar ze zei alleen maar zielig: 'Gaat jou niks aan!' Toen Denise wegliep, hoorde Petra haar luid tegen een vriendin zeggen: 'Gatsie! Ben je niet blij dat jij geen babydrab hoeft te eten als lunch?'

De sokkenmand voor het hele gezin was nog zoiets waar Petra een hekel aan had – een van haar sokken was altijd te groot of te klein. Omdat niemand al die schone sokken, die elke ochtend om veertien voeten moesten, wilde uitzoeken, gingen de sokken rechtstreeks van de droger in een gigantische, rieten wasmand. En iedereen moest er zelf maar uithalen wat hij nodig had. Elke herfst kocht Petra's moeder dezelfde kleur sokken voor hen alle zeven zodat er, in theorie, altijd een paar moest zijn dat paste. Maar de werkelijkheid in het gezin Andalee was heel anders.

Zoals veel kinderen in Hyde Park was Petra een mengelmoes van culturen. Haar vader, Frank Andalee, had familieleden uit Noord-Afrika en Noord-Europa, en haar moeder, Norma Andalee kwam uit het Midden-Oosten. Petra dacht er niet veel over na tot welk ras ze behoorde – haar familie was al lang geleden opgehouden op die manier over dingen denken.

Ze wist wel dat al generaties lang van moederskant elk eerste kind dat een meisje was Petra genoemd werd. Ze wist ook dat Petra de naam van een historische, stenen stad in Jordanië was, een ontwikkelde en elegante stad die meer dan tweeduizend jaar geleden uit de woestijn was verrezen. Driekwart van de ruïnes was nog steeds bedekt met zand dat zich verplaatste. Ze vond het leuk dat ze genoemd was naar een mysterieuze plek met verborgen geheimen.

De laatste 'eerste dochter' was haar oma geweest, die nu in Istanbul woonde. Toen zij een paar jaar geleden in Chicago op bezoek was, had ze Petra verteld dat al haar naamgenotes erg knap en erg gelukkig waren geweest. De jongere Petra had vol twijfel naar haar oma gekeken, die er spichtig uitzag en een snor had, en die de hele dag door alles kwijt was, zoals haar slippers of haar zwarte eyeliner of zelfs de badkamer.

Mooi zijn was in het verleden misschien makkelijker dan nu. Petra wist zeker dat de Petra's vóór haar niet met dikke brillenglazen en blauw-met-paars-gespikkelde monturen rondliepen. En de Petra's vóór haar hadden zich waarschijnlijk ook geen zorgen hoeven maken over waar ze de volgende morgen als eerste op zouden gaan staan – opgedroogd cranberrysap of een plastic draak of iets wat de hond had opgehoest.

Toen ze op weg was om wc-papier te halen, trapte Petra keihard op een soldaatje zonder hoofd. Haar verdiende loon voor het bespioneren van juffrouw Hussey. Op dat moment hoorde Petra haar ouders beneden ruziemaken.

'Maar iedereen heeft wel iets te verbergen!' zei haar vader boos. Hij was natuurkundige aan de universiteit en Petra wist dat hij zich zorgen maakte over zijn baan. Ze hoorde haar moeder iets op ongeduldige toon zeggen, en vervolgens de woorden 'brief' en 'vergeten' en het snelle, ruwe geluid van scheurend papier. Waar zou het over gaan? Haar ouders waren het bijna nooit oneens met elkaar.

Een vergeten brief! Ze zou geen familiegeheim mee naar school nemen, maar ze moest wel even kijken. Maar toen ze later naar beneden sloop, was de prullenmand leeg.

✖✖✖Calder had een slecht humeur. De briefopdracht was te moeilijk. Hoe kon hij juffrouw Hussey ooit een onvergetelijke brief schrijven? En waar zou hij ooit een verbazingwekkende brief kunnen vinden nu oma Ranjana er niet meer was? Goede brieven werden niet meer geschreven. Dat wist hij zeker.

Calder's vader, Walter Pillay, stond in de keuken aubergine te snijden. Toen hij de bleke plakken netjes naast de koekenpan opstapelde, keek hij naar zijn zoon. Calder zat een grote kolom van pentominovierkanten uit vijf stukken in de kantlijn van zijn schrift te tekenen.

'Is er iets?' vroeg zijn vader.

Calder deed net zijn mond open toen de trein van 17.38 voorbijkwam. De trein liet de ramen rinkelen, de vloerplanken opspringen, en vulde de keuken met het *whoesj-whoesj* van passerend staal. Toen Calder 'nee' met zijn mond vormde, grinnikte zijn vader naar hem en vormde terug 'mooi'.

Calder was, net als Petra, een kind van verschillende culturen. Zijn vader kwam uit India en had een rustige manier van praten, waardoor alles belangrijk klonk. Zijn baan had iets te maken met het ontwerpen van parken voor steden. Elk jaar bracht hij een nieuwe partij planten mee naar huis om in de tuin uit te proberen – in augustus was de voortuin verdwenen onder een oerwoud van groen. Dit jaar leunde er een trompetrank verlangend tegen een koele lelie, puntige bladeren vochten om de heerschappij over de traptreden, paars en bloedrood ruzieden luidruchtig met elkaar. Het was een goede plek om dingen te verstoppen.

Calder's moeder, Yvette Pillay, had kort, abrikooskleurig haar en een tinkelende lach die andere mensen ook aan het lachen maakte, al wisten ze niet waarom. Ze was een Canadese en gaf wiskunde aan de universiteit.

Calder had geen van beiden ooit verbaasd zien kijken als ze de post openmaakten. Opeens was hij het hele idee zat. Hij wilde eigenlijk niets over brieven horen. Als hij zijn vader en moeder ernaar zou vragen, zouden ze hem vast veel te veel vertellen. Dat was het probleem als je enig kind was: je ouders hadden altijd alle aandacht voor je. Hij was jaloers op de kinderen die af en toe door hun gezinsleden werden vergeten.

✖✖✖De volgende morgen liep Calder langs de huizen en rommelde met de pentomino's in zijn zak. Hij haalde de P eruit.

Grappig, Petra liep voor hem. Hij vond het nogal flauw van zichzelf dat hij haar gisteren was gevolgd en haar avontuur had verknoeid.

Hij dook een oprit in en kroop door een stel achtertuinen. Onder een seringenstruik door, om een oude boot heen, daarna over twee hekken. De enige weg was dwars door een frambozenstruik. Hij dook erin, gilde van pijn en sprong vlak voor Petra op de stoep.

'Jezus, ik schrok me dood!'

'Sorry!' zei hij en hij deed net alsof hij verrast was. 'Ik schrok ook van jou.'

Petra keek niet vrolijk. 'Wat was je aan het doen?'

'O, Tommy en ik gingen vaak hierlangs naar school...' Hij voelde iets prikken in zijn nek en veegde wat bloed weg. Tja. Dit gesprek verliep niet zoals hij had gepland. Ze liepen een poosje zwijgend verder.

'Nog iets van Tommy gehoord?' vroeg Petra tenslotte, al had ze in haar leven nauwelijks één woord met Tommy Segovia gewisseld.

'Niet veel.' Calder zocht wanhopig naar iets om over te praten, maar alles wat hij bedacht, klonk stom. Hij wilde Petra vertellen dat alle kinderen in Tommy's nieuwe buurt stekeltjes hadden, maar dat was eigenlijk niks. Zijn pentomino's maakten harde, klikkende geluiden.

'Zeg, wat vind jij van juffrouw Hussey? Ze heeft ons coole dingen laten doen tot nu toe, hè? Ik bedoel – ze is niet suf voor een juf.' Petra schaamde zich omdat haar woorden per ongeluk rijmden en keek naar Calder om te zien of hij het had gemerkt. Er stond een frambozentakje rechtop boven een van zijn oren. Hij leek op een scheve bij. Ze zei stomme dingen, maar ze hoopte dat Calder de boodschap zou begrijpen: ze hoefden niets meer te zeggen over wat er gisteren bij Powell's was gebeurd.

Calder vroeg zich af of Petra belangstelling had voor pentomino's of puzzels. Wist ze wat er in zijn zak zat? Laat maar – het zou opschepperig klinken als hij het haar zou vragen. Hij zag dat ze wat mueslivlokken in haar haar had zitten, maar besloot dat hij daar ook maar niets over zou zeggen.

Toen ze bij school aankwamen, waren ze allebei moe

van hun pogingen iets te bedenken om over te praten en níet te zeggen wat ze echt dachten.

De müeslivlokken en het takje zaten er nog steeds toen ze ieder een andere kant op gingen naar hun kluisje.

✖✖✖ Vreemd genoeg was Juffrouw Hussey tevreden dat de opdracht was mislukt.

Na twee dagen speuren had niemand in de klas iets gevonden wat de moeite waard was. Er waren een paar brieven over verre familieleden die overleden waren, aanstellingsbrieven voor banen en plaatsingen op scholen, uitnodigingen voor trouwerijen.

Juffrouw Hussey stelde voor dat ze een paar honderd jaar terug zouden gaan.

'Zoals oude boeken over brieven en zo opzoeken?' vroeg Petra, terwijl ze aan Powell's dacht.

Er ging een golf van gekreun door de klas.

'Wat denken jullie van schilderijen? Het enige wat jullie hoeven te doen is kijken.' Juffrouw Hussey zei dat het haar was opgevallen dat kunst vaak liet zien wat voor mensen belangrijk was, in welke tijd dan ook. Kunst onthult dingen. 'Daarnaast,' zei ze glimlachend, 'ben ik het zat om de hele dag op school te zijn. Het is tijd voor een uitstapje.'

Ze gingen allemaal rechtop zitten.

'En nog iets,' ging ze verder. 'Een onvergetelijke brief kríjgen, gebeurt maar een of twee keer in een leven. Een onvergetelijke brief schríjven is erg moeilijk, tenzij je iets heel bijzonders te zeggen hebt. Het moet niet kunstmatig zijn. Misschien had ik het fout.' Ze zei altijd hetzelfde nadat ze een idee had, en altijd met een ondertoon van *dit-is-ons-geheim-en-het-zou-gevaar-lijk-kunnen-zijn*: 'Zijn jullie het met me eens? Zullen we erop uitgaan?'

Er klonk gefluit en gejuich. Calder ving Petra's blik en ze haalde haar schouders op en glimlachte zelfs bijna. Iedereen zag er opgelucht uit. Dit jaar begon te voelen als iets heel goeds of iets heel verkeerds – het was moeilijk te zeggen welke van de twee.

✖✖✖De volgende maandag gingen ze met de trein naar het Kunstinstituut en liepen een eind in de oktoberzon. Het was moeilijk om de veerkrachtige stappen van juffrouw Hussey bij te houden. Het viel Calder op dat ze nooit achterom keek of ze allemaal wel volgden – ze had alle vertrouwen in hen.

Nadat ze hun meegebrachte lunch hadden opgegeten naast de bronzen leeuwen op de trappen van het museum, verspreidden ze zich over de Europese vleugel.

Petra ging in haar eentje op pad. Ze liep langs de

dansers van Degas, het grote schilderij dat helemaal met stippen was gemaakt, de hooibergen en bruggen van Monet, en ging op weg naar de oudere werken.

Toen ze in groep drie zat, had ze een oppas die haar elke maand meenam naar het Kunstinstituut. De oppas ging dan voor een schilderij zitten, zuchtte een poosje en schreef soms iets op. Ze zei tegen Petra dat ze in de buurt moest blijven, maar haar niet moest storen.

Petra liep dan rond te kijken. Al snel begon ze zich af te vragen bij welke schilderijen het leuk zou zijn om erin te stappen, of welke ze mee naar huis zou willen nemen om in haar kamer te hangen. Ze bedacht welke kinderen op de schilderijen leuk zouden zijn om mee te spelen. Haar oppas gaf haar pen en papier en Petra maakte lijstjes. Een keer telde ze alle schilderijen waar rode kleren op voorkwamen. Een andere keer telde ze stiekem alle blote billen. Ze telde ook alle hoeden en kwam op 123.

Nu liep ze langzaam van zaal naar zaal, haar kladblok onder haar arm. Ze wist zeker dat er ergens een brief was naast een engel... of was hij opgerold in iemands hand? Ze hadden een uur om rond te kijken, en ze wist zeker dat ze iets zou vinden.

Toen Calder Petra zag verdwijnen, besloot hij haar te volgen. Hij bleef steeds een zaal achter haar en was zo druk bezig om niet gezien te worden dat hij nauwelijks zag wat er aan de muren hing. Toen, opeens, was Petra verdwenen.

Calder liep langzaam door de volgende twee zalen. Het werd al laat. Hij moest zelf maar eens gaan zoeken.

Toen hij een hoek omsloeg, zag hij iets veelbelovends. Het lag op een nachtkastje in een Frans schilderij van een schilder die Auguste Bernard heette. Uit 1780. Calder keek om zich heen. Hij was alleen. Hij leunde tegen de muur tegenover het schilderij en begon op een zakelijke manier aantekeningen te maken.

De brief was opgevouwen, maar had een rood zegel van lak dat kapot was. Hij wist dat dit betekende dat hij was opengemaakt. De vrouw naast de brief trok een vreemd gezicht, en haar jurk was belachelijk klein voor het bovenste deel van haar lichaam. Calder concentreerde zich op het nachtkastje, waarop ook een parelketting en een boek met Franse woorden lagen. Hij was de woorden aan het opschrijven – *L'Art d'Aimer* – toen de muur achter hem bewoog.

'Wat is— ' Calder wankelde achteruit een donkere deuropening in en struikelde over iemands voeten.

De persoon gaf hem een harde duw. Toen schoten ze allebei het licht van de zaal weer in. Een bewaker stapte op hen af en greep Calder bij zijn elleboog.

'*Verboden Toegang.*' Kun je niet lezen?' Te verbluft om antwoord te geven, draaide Calder zich om en keek wie hem had geduwd.

'Wat deed jíj daarbinnen?' siste Petra.

'En jíj dan?' snauwde hij terug.

De bewaker, een man die leek op roze-met-grijze worst, sloeg zijn armen over elkaar. 'Bergruimte. Verboden toegang voor publiek. Waar is jullie klas eigenlijk?'

Calder en Petra liepen zwijgend mee, ieder aan een kant van de worst, naar de zaal waar juffrouw Hussey tegen een paar van hun klasgenoten stond te praten.

'Nu zal ze zich wel gedragen als een gewone onderwijzeres,' fluisterde Calder achter de rug van de bewaker.

Petra keek naar hem met een schittering in haar ogen en een snelle flits van *dat-zullen-we-dan-wel-eens-zien-hè?*

'Hebt u de leiding? Ik vond deze twee in een bergruimte.'

Juffrouw Hussey keek verbaasd, maar niet geschokt. De kinderen die om haar heen stonden, giechelden. Petra en Calder keken strak voor zich uit.

'Dank u,' zei juffrouw Hussey tegen de worst, en maakte daarmee duidelijk dat het gesprek was afgelopen.

Toen de bewaker buiten gehoorsafstand was, glimlachte juffrouw Hussey warm naar Calder en Petra. Ze keek eerst naar de een, toen naar de ander en zei: 'Goed denkwerk. Iets gevonden?'

✖✖✖Toen Denise op een andere plek in de trein ging zitten, viel er een stukje papier op Petra's schoot:

CALDER EN PETRA VERLOREN IN DE KUNST. WIE WEET. EERST EEN KUS EN DAN EEN SCHEET!

Petra gooide het op de grond in de hoop dat Calder het niet had gezien. Waarom deden kinderen soms zo stom?

Tegen de tijd dat ze uitstapten in de Zevenenvijftigste Straat was het te laat om nog naar school te gaan. Juffrouw Hussey zei iedereen gedag, en Calder en Petra begonnen ongemakkelijk Harper Avenue af te lopen.

'Dag,' mompelde Petra over haar schouder, terwijl ze zich vooruit haastte en de trap naar de voordeur ophólde.

'Petra?'

'Ja?' Petra draaide zich om.

'Wat was je daar aan het doen?'

'Rondkijken. De meeste musea hebben te veel spullen om alles op te kunnen hangen. Dus wat niet aan de muur hangt, staat in een kast.'

'Ja, ik denk dat juffrouw Hussey het wel cool zou hebben gevonden als je een brief had ontdekt op verboden terrein,' zei Calder.

'Dat is niet erg aardig. Mag je haar niet?'

Calder speelde met de pentomino's in zijn zak. 'Jawel.'

Petra keek hem onderzoekend aan. 'Je bent jaloers.'

'Niet!'

'Geef het maar toe.' Petra grinnikte.

'Nou ja, alleen op je bergruimte-idee.'

Petra's gezicht vertrok 'Natuurlijk.' Toen was ze weg.

Wat was er nou net gebeurd? Calder haalde een pentomino uit zijn zak en gooide hem omhoog. 'De I van idee,' zei hij hardop.

Of was het de I van idioot?

Hoofdstuk 4 PICASSO'S LEUGEN

✖✖✖Juffrouw Hussey straalde de volgende morgen.

Ze vond ook dat het uitstapje naar het museum niet veel had opgeleverd. Ze hadden drie religieuze perkamentrollen gevonden en de brief met het rode zegel, maar dat was alles. Juffrouw Hussey zei dat ze de zoektocht leuk had gevonden. Ze was helemaal niet boos.

'Weet je, een van mijn favoriete schilders had interesse in brieven en maakte ze belangrijk in een heleboel van zijn schilderijen. Misschien dat ik daarom dacht dat we er wel meer zouden tegenkomen. Grappig hoe je dingen kunt projecteren.'

Ze veranderde van onderwerp, haar stem werd opeens zakelijk. 'En, wat nu? Hebben we al conclusies kunnen trekken uit ons onderzoek naar communicatie?'

Petra stak haar hand op. 'Misschien dat het moeilijk te bestuderen is. Waarom werken we niet aan iets anders dat met kunst te maken heeft?' Ze vond het leuk om onderzoek te doen in het Kunstinstituut. Ze wist zeker dat ze wel een ander onderwerp konden bedenken dat de moeite waard was.

Denise zei: 'Ik vond sommige kunst behoorlijk grof. Ik bedoel, een heleboel was bloederig en gewelddadig, of dik en naakt, of gewoon en saai – alleen maar mensen die mooi waren aangekleed. Ik bedoel, ik zou sommige van die schilderijen nog niet aan de muur willen hebben, al zou ik ze voor niks krijgen.'

Er klonk een instemmend gemompel. Denise snoof tevreden.

'Ik geloof niet dat dat hoeft, Denise,' zei juffrouw Hussey vlak, terwijl ze haar armen over elkaar sloeg. Toen stond ze stil en staarde naar het plafond. Toen ze niet bewoog werd de klas stil.

'Weet je,' zei juffrouw Hussey tenslotte, 'Picasso zei dat kunst een leugen is, maar een leugen die de waarheid spreekt.' Ze liep nu heen en weer. 'Leugens en kunst... het is een oeroud probleem. Dus als we met kunst werken,' zei ze langzaam, 'moeten we eerst iets anders uitzoeken: wat maakt een voorwerp kunst?'

Denise rolde met haar ogen, maar zei niks.

'Ik wil graag dat jullie het volgende doen: begin bij een voorwerp thuis waarvan je denkt dat het kunst is. Het kan van alles zijn. Vraag niemand om advies – je moet het zelf bedenken. Beschrijf het voorwerp aan ons zonder te zeggen wat het is. En deze keer komen jullie er niet zo makkelijk vanaf.' Ze grijnsde. 'We zullen sommige ideeën hardop voorlezen.'

Calder vroeg zich af wat Picasso had bedoeld. Bedoelde hij dat kunst niet precies de echte wereld was, maar dat het wel iets echts zei?

Hij begon andere combinaties van kunst, een leugen en de waarheid te bedenken die ergens op sloegen. Het werkte bijna als het logische geheel van vijf vierkanten waaruit elk van zijn pentomino's bestond. Wat dacht je van: kunst is de waarheid die liegt? Misschien ging het leven wel over hoe je een paar simpele ideeën opnieuw moest ordenen. Calder, die naar het bord glimlachte, zat nu op zijn stoel te wiebelen van opwinding over dat idee. Als hij die simpele ideeën maar kon vinden, zou hij, met een beetje oefening, een kruising zijn tussen Einstein en de wiskundige Ramanujan – of misschien Ben Franklin—

'Calder?'

Hij zat opzij gedraaid op zijn stoel, zijn arm liggend op zijn hoofd. Zijn pentomino's waren op de een of andere manier op zijn tafel terechtgekomen. Hij veegde ze haastig bij elkaar en stopte ze in zijn zak, maar er viel er een op de grond.

'Calder, wilde je iets zeggen? Het leek alsof je je hand had opgestoken,' zei juffrouw Hussey.

'Ik zat na te denken. U weet wel, over wat Picasso zei. Maar ik ben nog niet klaar,' eindigde hij.

Er ging een golf spottend gelach door de klas, en Calder voelde zijn hoofd rood worden. Was Tommy er maar, die had Calder wel op tijd een por gegeven om hem weer bij de les te krijgen.

De bel ging. Denise trapte op Calder's pentomino-stuk, net toen hij zich bukte om hem op te rapen. Haar knie botste tegen zijn oor.

'Oeoeps! Sorrieie, ik trapte op je speeltje!' Ze lachte en gaf het plastic stukje onder haar voet een extra schop. Het schoof onder het bureau van juffrouw Hussey.

'Sorrieie dat je voeten zo groot zijn,' hoorde Calder Petra achter zich mompelen. Niet zeker of hij het goed gehoord had, draaide Calder zich om, maar Petra was al weg.

Calder tastte naar zijn pentomino, terwijl zijn lerares het bord schoonveegde. Hij wilde juffrouw Hussey vertellen dat hij over belangrijke dingen had zitten nadenken, maar hij wist niet hoe hij het moest zeggen.

Jufrouw Hussey draaide zich om en glimlachte naar hem. 'Ik weet het, Calder. Ik raak soms ook helemaal verdiept in mijn eigen gedachten. Misschien laat ik jullie wel eens een hele week jullie dagdromen opschrijven om te zien wat daar uitkomt. Misschien komen we dan wel tot de conclusie dat ze veel belangrijker zijn dan de dingen die ik dacht te moeten bestuderen.'

Calder knikte dankbaar. Juffrouw Hussey was de beste.

Toen hij zijn pentominovorm afveegde, keek hij naar

de P-vorm. De P van wat? Problemen... maar waarom problemen?

✖✖✖Er was thuis niets waarvan ze dacht dat het kunst was.

Petra bekeek een geborduurd kussen, maar er zat een grote scheur in; ze vond een zijden rupsenvlieger, maar er was één oog weg; ze dacht aan de speld die haar moeder gebruikte om haar haar in een knotje te doen, die met het barnsteen erop, maar hij was al dagen zoek.

Wat wás kunst eigenlijk? Hoe meer ze erover nadacht, des te vreemder het leek. Wat maakte een uitgevonden voorwerp speciaal? Waarom waren sommige door de mens gemaakte dingen mooi en andere niet? Waarom was een gewone beslagkom of lepel of gloeilamp geen kunst? Waarom belandden sommige voorwerpen in musea en andere in de vuilnisbak?

Ze vermoedde dat de meeste mensen die naar musea gingen zich dat niet afvroegen. Ze geloofden gewoon dat ze naar iets waardevols of moois of interessants keken. Ze dachten er niet erg over na.

Zij zou niet zo iemand worden – nóóit.

Ze dacht aan schilderijen in het Kunstinstituut die haar het gevoel gaven dat ze al het voorspelbare even kon vergeten. Ze voelde zich altijd zo wanneer ze voor het schilderij *Een regenachtige dag* van Caillebotte stond – de natte keien op de grond, de mensen die ergens naar toe gingen met hun lange rokken en hoge hoeden, de uitnodigende bocht in de straat. Dat was nog eens kunst die avontuurlijk was. Het gaf haar toegang tot een andere wereld. Het maakte bekende dingen mysterieus. Het stuurde haar terug naar haar eigen leven met een ander gevoel, in elk geval een paar minuten lang.

Op weg naar de kruidenier liep ze nog steeds te denken aan Caillebotte's straat in Parijs. Als hij Harper Avenue had geschilderd, zou het er dan net zo boeiend uitgezien hebben? Toen ze de hoek van de straat naderde, zag ze de man met de bretels, degene die met juffrouw Hussey had staan praten, door de voordeur van Powell's naar buiten komen, om zich heen kijken en een boek in de doos met gratis boeken laten vallen. Ze begon harder te lopen.

Het boek had een stoffen omslag met een paar donkere vlekken, en het papier was dik en romig, zacht bij de hoeken. De titel sprong naar voren: *Lo!* De illustraties waren in zwart-wit – verwrongen, rubberige figuren omklemden elkaar of schreeuwden.

Ze las een paar alinea's:

DOODSBANGE PAARDEN, STAAND OP HUN ACHTERBE-
NEN, SCHOPPEND NAAR EEN ORKAAN VAN KIKKERS.

WAANZINNIGE SPRINGBOKKEN, DIE GEËRGERD TRAP-
PEN TEGEN DE KIKKERS DIE HEN KIETELDEN.

WINKELIERS IN LONDEN, STAREND NAAR KIKKERS
DIE OP HUN RAMEN TIKTEN.

WE KUNNEN HET BESTAAN VERKLAREN DOOR NAAR
DE KIKKERS TE KIJKEN.

WIJZE MANNEN HEBBEN HET OP ANDERE MANIEREN
GEPROBEERD. ZE HEBBEN GEPROBEERD ONS BE-
STAAN TE BEGRIJPEN DOOR NAAR DE STERREN TE
KIJKEN, OF DE KUNST, OF DE ECONOMIE. MAAR, ALS
ER EEN ONDERLIGGENDE EENHEID VAN ALLE DINGEN
IS, MAAKT HET NIET UIT WAAR WE BEGINNEN, MET
STERREN, OF WETTEN VAN VRAAG EN AANBOD, OF
KIKKERS, OF NAPOLEON BONAPARTE. IEMAND MEET
EEN CIRKEL AF, HET MAAKT NIET UIT WAAR HIJ
BEGINT.

IK HEB 294 GETUIGENISSEN VERZAMELD VAN
REGENS VAN LEVENDE DINGEN.

Wát? Petra bladerde terug naar de eerste bladzijden
en zag dat het boek in 1931 was geschreven door een
man die Charles Fort heette.

Ze stopte het onder haar arm.

Hoofdstuk 5   WORMEN, SLANGEN EN
ALIKRUIKEN

✖✖✖Die avond bladerde Petra door *Lo!* en haar
verbazing werd steeds groter. Ze had nog nooit een
boek als dit gezien. Het was om te beginnen door-
spekt met citaten uit tijdschriften en kranten uit de
hele wereld – zoals de *London Times*, de *Quebec
Daily Mercury*, de *New Zealand Times*, de *Woodbury
Daily Times*, de *New York American*, *The
Gentleman's Magazine*, de *Ceylon Observer*... en het
ging maar door.

Er waren honderden verhalen over bizarre gebeurtenissen, die veel op elkaar leken. Giftige slangen regen-
den neer in achtertuinen in Oxfordshire in Engeland;
rode en bruine wormen vielen in Zweden samen met
sneeuwvlokken neer; ladingen alikruiken vielen uit de
lucht op de Cromer Gardensweg, buiten Worcester in
Engeland; heldere, zwevende lichten bewogen zich
langzaam door open stukken land in North Carolina
en in Norfolk in Engeland. Er verschenen wilde dieren
op plaatsen waar ze niet thuishoorden. Mensen verdwenen en werden ver weg weer teruggevonden, ver-
ward en gedesoriënteerd. Er gebeurden rampen en er
waren explosies die niemand kon verklaren.

Fort was blijkbaar zevenentwintig jaar bezig geweest

om oude kranten in bibliotheken te bekijken. Hij had duizenden artikelen over onverklaarbare gebeurtenissen gekopieerd.

DE MEESTEN VAN ONS ZIJN ER HEEL STELLIG VAN OVERTUIGD DAT ER NOOIT EEN REGEN VAN LEVENDE DINGEN IS GEWEEST. MAAR SOMMIGEN VAN ONS... ZIJN WIJZER GEWORDEN DOORDAT ZE VERRAST WERDEN DOOR DINGEN WAAR ZE 'ABSOLUUT ZEKER' VAN WAREN...

Petra las dat twee keer en sloeg een paar bladzijden om.

IK HEB NOOIT GEHOORD VAN EEN NORM, IN GODSDIENST, FILOSOFIE, WETENSCHAP, OF INGEWIKKELDE HUISHOUDELIJKE ZAKEN, DIE NIET AANGEPAST KON WORDEN. WE PASSEN NORMEN AAN AAN OORDELEN, OF OVERTREDEN ELKE WET DIE WE MAAR WILLEN... WE TREKKEN CONCLUSIES DIE HET RESULTAAT ZIJN VAN SENILITEIT OF ONBEKWAAMHEID OF GOEDGELOVIGHEID, EN VANAF DAT PUNT REDENEREN WE NAAR DE VOORONDERSTELLING. WE VERGETEN DIT PROCES EN REDENEREN DAN WEER VANAF DE VOORONDERSTELLING, DENKEND DAT WE DAAR WAREN BEGONNEN.

Petra worstelde met dit taalgebruik en moest de woorden 'goedgelovigheid' en 'vooronderstelling' opzoeken. Ze las elke zin nog eens in stukjes en begon toen te begrijpen wat Fort wilde zeggen: alles hangt af van hoe je de dingen bekijkt. Als je iets op een andere manier bekijkt, kan je wereld totaal veranderen. Zijn gedachte was dat de meeste mensen zich tot het uiterste inspannen om alles wat hen overkomt in te passen in iets wat ze kunnen begrijpen. Met andere woorden, mensen verdraaien soms dingen die ze voor zich zien om ze aan te passen aan wat ze denken dat er zou moeten zijn, zonder dat ze beseffen dat ze dat doen. Mensen willen zien wat ze horen te zien, en vinden wat ze horen te vinden. Het was een apart idee.

En dan:

ZIE LONDENSE KRANTEN, 18 EN 19 AUGUSTUS 1921 – ONTELBARE KIKKERS VERSCHENEN, TIJDENS EEN ONWEER OP DE 17DE, IN DE STRATEN VAN HET NOORDELIJKE DEEL VAN LONDEN.

Verder naar beneden:

DEZE GEBEURTENISSEN HEBBEN ZICH HERHAALD... ER IS EEN VERSLAG, IN DE LONDENSE *DAILY NEWS* VAN 5 SEPTEMBER 1922, OVER KLEI-

Kon dit waar zijn?

Waarom werd er op school niet meer aandacht besteed aan dingen die onbekend waren of niet begrepen werden, in plaats van aan dingen die al ontdekt en verklaard waren? Juffrouw Hussey vroeg altijd naar hun ideeën. Zou het niet geweldig zijn om naar eigenaardige feiten te graven, zoals Charles Fort had gedaan? Om te proberen een betekenis te zoeken achter feiten die nergens op leken te slaan?

En waarom was dit boek geen kunst? Ze pakte haar schrift en begon te schrijven:

> Dit voorwerp is aan de buitenkant hard en aan de binnenkant buigbaar. Het heeft de kleur van een onrijpe framboos en het weegt ongeveer evenveel als een blauwe spijkerbroek. Het ruikt als een kast in een oud huis en het heeft een oeroude vorm. Het bevat dingen die moeilijk te geloven zijn. Er bestaan levende wezens die als regen uit de lucht vallen en voorwerpen die uit zichzelf zweven. Mensen verdwijnen en duiken weer op.

Het is gemaakt van een stof die ooit groeide, die ooit in de wind meeboog en de nachtlucht voelde. Het is ouder dan tochten naar de maan of computers of stereoinstallaties of televisie. Misschien hebben onze grootouders het gezien toen het nieuw was en zij nog jong waren.

Er stond een vrouwennaam in vervaagde, bruine inkt aan de binnenkant van de omslag. Petra vroeg zich af wie er nog meer van dit boek had gehouden en waarom het in de doos bij Powell's terecht was gekomen. Waarom was het weggegooid?

Ze zou het nooit kwijtraken. Nooit.

Voordat ze het boek dichtdeed, zocht ze nog een keer naar die geweldige zin. *We kunnen het bestaan verklaren door naar de kikkers te kijken.*

✖✖✖Uren later, bij een streepje maanlicht, lag Petra bijna te slapen. Toen ze zich omdraaide en haar kussen op zijn plek duwde gebeurde er iets vreemds: al waren haar ogen dicht, het leek of ze naar een jonge vrouw keek.

Deze persoon zag er ouderwets uit. Ze droeg een geel jasje met gevlekt bont aan de randen, en haar haar was strak naar achteren getrokken met glanzende lin-

ten. Bengelende oorbellen, misschien parels, schitterden in het licht. Ze zat aan een tafel te schrijven, maar iets had haar gestoord. Met de ganzenveer in haar hand keek ze op.

De vrouw keek recht in Petra's ogen. Haar gezichtsuitdrukking was wijs, vriendelijk en geïnteresseerd, en ze keek als iemand die alles begreep zonder dat het haar verteld werd.

Petra merkte dat ze elk detail van het beeld in zich opzoog. De kamer was donker, maar er viel licht op de metalen sloten van een houten doos, op een vouw van het blauwe tafelkleed, op de welving van het voorhoofd van de vrouw, op het romige geel van haar jasje. Dit was een rustige, welbewuste wereld, een wereld waar dromen werkelijkheid waren en elke lettergreep het licht vasthield als een parel. Het was een schrijverswereld – en Petra zat er middenin.

En toen, net zo plotseling als ze was verschenen, verdween de vrouw weer uit Petra's gedachten. En terwijl dit gebeurde, voelde Petra zich herkend, alsof die persoon wist wie zij, Petra Andalee, was. Het was een schokkend gevoel – opwindend, griezelig, echt. En op de een of andere manier ook onvermijdelijk, alsof de dingen altijd al zo waren geweest.

Klaarwakker, dacht Petra aan Charles Fort. Was hij verantwoordelijk voor het bezoek van de vrouw? Had hij hen samengebracht? *Wijzer geworden doordat ze verrast werden door dingen...* Fort begreep wat Petra vaak voelde: er is veel meer over de wereld te onthullen dan de meeste mensen denken.

Als ze enig idee had gehad hoeveel meer, dan zou Petra de hele nacht niet meer geslapen hebben.

Hoofdstuk 6   DE DOOS VAN DE GEOGRAAF

✖✖✖Op de dag dat juffrouw Hussey de kunstop-dracht had gegeven, ging Calder na school meteen naar zijn kamer.

Hij ging aan zijn bureau zitten en haalde zijn pen-tomino's te voorschijn. De W paste aan de Y en de U, en de I gleed gemakkelijk naast de L... De X was moei-lijker in de rechthoek te passen, maar misschien paste hij hier, tussen de P en de U... Pentomino's hielpen hem altijd bij het nadenken.

Hij schreef het woord kunst op. Daarna volgden:

tsnuk

unskt

knust

stnuk

ntuks

Het was niet wat hij had willen opschrijven, maar het leek wel of zijn pen het had overgenomen. Hij las hardop wat hij had opgeschreven. Je tong raakte ervan in de knoop, merkte hij verrukt, naast het feit dat het alle combinaties waren van K, U, N, S, T.

Calder concentreerde zich weer op zijn opdracht. Was zijn gekke lijstje een kunstwerk? En hoe zat het met het ouderwetse soort kunst, het soort dat je in musea ziet en dat opduikt op ansichtkaarten en posters bij mensen in de keuken, het soort waarover ze het vandaag op school hadden gehad? Juffrouw Hussey zei altijd: 'Luister naar je eigen gedachten.' En als híj, en niet die museummensen, nou eens degene was die mocht uitmaken wat mooi was om naar te kijken? Wat zou hij dan kiezen? Detzelfde dingen die nu beroemd waren? Waarschijnlijk niet de Franse vrouw met de te kleine jurk.

Kunst was voor hem iets raadselachtigs. Ja. Iets wat hem een nieuw idee gaf om mee te stoeien. Iets wat hem een frisse kijk op de dingen gaf elke keer dat hij ernaar keek. Opeens herinnerde hij zich iets.

Hij kroop onder zijn bed en trok er een stoffige bak onder vandaan, vol met groene soldaatjes. Hij graaide tot achter in de hoek en haalde er een kleine doos uit.

Calder hield de doos voorzichtig met twee handen vast. Hij was gemaakt van donker hout en de hoeken waren bedekt met ingelegde, zilveren wijnranken. Bovenop stond een schildering van een man met lang haar die over een tafel leunde. Hij had een chique kamerjas aan en zijn bedachtzame gezicht was naar een raam gekeerd.

Hij hield iets wat leek op een compas losjes in zijn rechterhand. Onder zijn rechterarm lag een groot stuk

papier. Er lag een oosters tapijt vol vouwen slordig op de hoek van de tafel en zijn linkerhand rustte op iets wat op een boek leek. Hoog op de kast achter hem stond een wereldbol. Je kon van zijn gezicht aflezen dat hij over belangrijke dingen had nagedacht, en dat iets hem net had gestoord. Calder voelde begrip en sympathie voor de man. Zo voelde hij zich ook als hij op school opeens moest opletten.

Calder was altijd gek geweest op deze afbeelding. Hij pakte zijn vergrootglas en hield het boven de doos. Hij zag licht glinsteren door het oude glas in het raam, en het kleed kwam tot leven in blauwe en warme, gouden tinten. Op de muur was het woord 'Meer' geschreven. Meer, Meer... hij liet het woord rondgaan in zijn gedachten. Hij wilde dat oma Ranjana hem meer had verteld.

Hij probeerde zich precies te herinneren wanneer ze hem de doos had gegeven. Hij was nog klein genoeg geweest om op haar schoot te zitten en met haar leesbril te spelen – hij zal vier of vijf zijn geweest. Hij kon zich haar blauw fluwelen schommelstoel, de barstjes in haar knokkels, haar zachte, chocoladekleurige wangen nog herinneren.

Oma Ranjana was altijd gek op puzzels en mysteries. Ze zou juffrouw Hussey vast leuk gevonden hebben. Calder pakte de doos en rende naar beneden –

hij zou een 'regenboogbad' nemen, zoals oma Ranjana het vroeger noemde. In de herfst scheen de zon laat in de middag door het glas-in-loodraam de woonkamer van de Pillays binnen en toverde regenbogen en wazige ruiten en veelhoeken op de grond, op de muren en op de achterkant van stoelen en banken. Deze voorstelling van zachte kleuren bewoog zich langzaam naar één kant van de kamer en verdween dan in de hoek van het plafond. Oma Ranjana zwoer altijd dat het zitten tussen geometrische vormen je gedachten stimuleerde.

Calder begon te schrijven.

De man in mijn hand kijkt naar het raam, en het licht valt op één hand en één wang en op het papier op zijn tafel. Ken je de manier waarop papier verblindend kan zijn in een helder licht? Nou, dit papier maakt je bijna scheel. De kleuren om hem heen zijn blauw en rood en lichtbruin. Er ligt een verfrommeld tapijt op de hoek van de tafel tussen hem en mij, alsof iemand het erop heeft gegooid bij het schoonmaken van de vloer en vergeten heeft het terug te leggen.

En nu het gewicht en de maat. Dit ding
is ongeveer zo zwaar als een zak
chocoladekoekjes, of misschien een
lege pot spaghettisaus, of een groot
T-shirt. Het is ongeveer zo dik als een
woordenboek, en zo lang als een
gemiddelde tube tandpasta.

Calder stopte even, de doos in zijn rechterhand, en keek naar de regenbogen die op de verste muur zweefden. Hij besefte met een huivering van plezier dat het middaglicht net zo op zijn lichaam viel als het licht op het plaatje, en hij vroeg zich af of hij er ook uitzag alsof hij Grote Gedachten dacht...

Hij werd gestoord door harde stemmen voor het raam. Toen hij naar buiten keek, zag hij juffrouw Hussey en meneer Watch, zijn baas bij Powell's. Wat waren ze in hemelsnaam aan het doen? En toen zag Calder een oude vrouw op de grond tussen hen in zitten.

Toen Calder de voordeur opendeed, riep juffrouw Hussey: 'Water! Haal wat water!'

Tegen de tijd dat hij terug was met een glas water, stond de oude vrouw weer. Calder kende haar niet.

Juffrouw Hussey zei: 'Dank je, Calder. Ik wist niet dat jij hier woonde.' Ze vertelde wat meneer Watch haar net had verteld. Eens per week liep hij met mevrouw Sharpe mee naar Powell's om wat boeken uit te zoeken. Juffrouw Hussey liep vandaag toevallig vlak achter hen. Ze had gezien dat mevrouw Sharpe struikelde en op de stoeprand viel.

Meneer Watch keek beschaamd. Mevrouw Sharpe keek geërgerd. 'Waarom zou ik water nodig hebben?' snauwde ze. 'Stommerd! Die nieuwe schoenen! Een sprinkhaan zou er nog niet op kunnen lopen!'

Noemde ze juffrouw Hussey een stommerd? Als dat zo was, dan scheen juffrouw Hussey het niet te merken. Ze bood mevrouw Sharpe haar arm aan.

Calder ging weer naar binnen en keek het drietal door het raam na tot hij ze niet meer kon zien.

✖✖✖Die avond kreeg Calder een brief.

Toen hij hem openscheurde, grinnikte hij. Wie anders?

L:1 F:1 Z:1 N:1 P:1 T:2, -

I:2 F:1 F:1 F:2 - X:2 F:1 I:2 -

I:1 W:2 W:2 T:2 X:1 L:2 I:2 U:1 P:1 I:2 -

W:1 U:2 - Y:1 W:1 Y:1 Y:1 P:1 T:2. -

X:2 P:1 T:2 N:1 Y:2 P:1 P:1 I:2 -

X:2 L:2 T:2 W:1 U:1 P:1 -

Y:2 P:1 P:1 Y:1. - W:1 Y:1 - N:1 P:1 I:2 Y:1 -

L:2 I:2 V:2 X:2 L:2 P:1 T:2 N:1. -

F:2 L:2 P:1 V:2 - I:1 W:1 I:2 I:2 P:1 I:2 -

I:1 Z:1 F:3 X:2 P:1 I:2. - F:2 F:1 F:2 -

I:1 F:1 I:2 U:1. - I:2 P:1 Y:2 - F:3 L:2 T:2 Y:1 -

U:1 P:1 X:2 F:1 F:1 T:2 Z:1 F:3 Y:1. -

V:2 L:2 F:2 F:2 F:3

Hij haastte zich naar zijn kamer om de pentominocode op te zoeken die hij voor zichzelf en Tommy had
gemaakt voor zijn vriend was vertrokken:

	1	2	3
F	A	M	IJ/Y
I	B	N	Z
L	C	O	
N	D	P	
P	E	Q	
T	F	R	
U	G	S	
V	H	T	
W	I	U	
X	J	V	
Y	K	W	
Z	L	X	

Calder ontcijferde het bericht. Ongerust ging hij naar de keuken om zijn ouders het nieuws te vertellen. Alle leden van het gezin Pillay vonden het vervelend. Verhuizen was al moeilijk genoeg, maar als een buurjongen dan plotseling verdween, leek het wel een slechte grap.

Tommy had zijn echte vader nooit gekend. De afgelopen winter was zijn moeder, Zelda, die in de universiteitsbibliotheek werkte, met twee andere vrouwen op vakantie gegaan. Ze gingen naar Bermuda. Ze kwam terug met een echtgenoot.

Eerst was Tommy erg stil en wilde niet praten over 'ouwe Fred', zoals hij hem was gaan noemen. Fred deed erg zijn best om een goede vader te zijn. Hij speelde honkbal met Tommy in het park. Hij kwam naar school om kennis te maken met de onderwijzers. Hij nam Tommy en Calder vaak mee naar de Vijfendertigste Straat voor ijscoupes met warme karamel, en liet hen dan zelf zeggen hoeveel bolletjes ze wilden hebben. Na een tijdje leek het erop dat Tommy hem aardig begon te vinden.

En toen kondigde ouwe Fred aan, op 4 juli, onafhankelijkheidsdag – Calder herinnerde zich de datum omdat ze toen helemaal geen zin meer hadden in vuurwerk – dat het gezin moest verhuizen naar New York. Hij had een huis in een buitenwijk gekocht zonder het zelfs maar aan Tommy's moeder te vertellen. 'En natuurlijk helemaal niet aan dat joch,' had Tommy gezegd, toen hij het aan Calder vertelde.

En nu dat gedoe met Kikker – Kikker was trouwens wel een heel idiote naam...

Calder schreef Tommy meteen terug.

V:2 L:2 F:2 F:2 F:3, -
U:2 N:2 F:3 V:2 - F:2 P:1 - X:2 F:1 I:2 -
Y:1 W:1 Y:1 Y:1 P:1 T:2. - Y:1 F:1 I:2 -
F:2 W:1 U:2 U:2 L:1 V:1 W:1 P:1 I:2 -
F:2 F:3 U:2 V:2 P:1 T:2 W:1 P:1 -
L:2 N:2 Z:1 L:2 U:2 U:2 P:1 I:2 - P:1 I:2 -
V:1 P:1 Z:1 N:1 - I:3 F:3 I:2. - Y:2 P:1 P:1 U:2 -
X:2 L:2 L:2 T:2 I:3 W:1 L:1 V:1 V:2 W:1 U:1. -
L:1 F:1 Z:1 N:1 P:1 T:2

Tommy had altijd van spioneren gehouden – misschien was dit een kans om geen middelmatige jongen te zijn. Calder glimlachte terwijl hij dacht aan hun gesprek in de keuken, toen hij zijn pentomino's had gekregen. Hij hoopte dat zijn bericht zou helpen.

Nadat hij de brief had geschreven en de envelop dichtgeplakt, kwam het bij Calder op dat het misschien een slecht advies was. Wat als er écht iets vreselijks met de buurjongen was gebeurd? Degene die het gedaan had, wilde natuurlijk niet dat er nog een kind ging rondsnuffelen. Calder's ouders hadden gezegd dat er maar een heel kleine kans was dat het echt om een ontvoering ging. Hij hoopte maar dat ze gelijk hadden.

Hoofdstuk 7   DE MAN OP DE MUUR

✖✖✖Toen juffrouw Hussey aan het eind van de week de stukken hardop voorlas, werd er geschuifeld en rondgekeken wie er verlegen of juist trots keek.

'Een vreemde stoel?'

'Moderne kunst met dingen die eraan hangen?'

'Wil de schrijver anoniem blijven, of wil je ons vertellen wat het is?' vroeg juffrouw Hussey nadat er verschillende keren was geraden.

Stilte.

Petra schraapte haar keel. 'Nou, het is een bijzonder boek.' Petra dacht opeens aan de kalme, intelligente vrouw in haar droom, de vrouw met het gele jasje. Zij hoefde waarschijnlijk nooit uit te leggen wat ze had opgeschreven. En opeens voelde Petra dat de vrouw haar als het ware gezelschap hield en fluisterde: 'Het geeft niet wat ze zeggen. Ik begrijp je.'

'Een boek?' snoof Denise. 'Frambozen en stinkende spijkerbroeken?'

Petra's mond werd een strakke lijn.

Juffrouw Hussey wendde zich tot Denise. 'Ja. Onverwachte vergelijkingen kunnen de kracht van verrassing in zich hebben. Ze zijn verfrissend, niet-waar?'

Denise keek alsof ze iets smerigs had geroken.

Calder was onder de indruk van Petra's tekst en wilde dat hij het had geschreven. Een uur later, in de kantine, zag hij Petra alleen in een hoekje zitten. Hij besloot naar haar toe te gaan. Hij wilde haar vertellen over het drietal bij zijn huis gisteren, en hoe goed hij haar beschrijving vond. Hij stelde zich voor hoe verrast Petra zou zijn dat hij haar gezelschap wilde houden.

Op dat moment stootte Calder met zijn lunchtrommel tegen de achterkant van een stoel en sprong de trommel open. Petra hoorde de klap en zag dat zijn spekkoek met indrukwekkende snelheid over tafel vloog.

Tegen de tijd dat Calder zijn sandwich weer te pakken had en bij haar was komen zitten, had ze de slappe lach.

'Oké, oké,' zei Calder.

'Het is alleen maar dat ik zat te lezen over onverklaarbare, harde geluiden en dingen die uit de lucht vallen. Toen was er die *beng!* en toen een vliegende—' Ze hikte van het lachen. 'Het ligt niet aan jou... alleen zo perfect—'

'Wat lees je dan?'

'Het boek waarover ik schreef. Ik vond het gisteren bij Powell's.'

Calder zag dat er *Lo!* op de kaft stond. Rare titel –

geen wonder dat ze er omheen praatte.

'Het is geschreven door iemand die Charles Fort heet. Hij heeft een groot deel van zijn leven besteed aan het zoeken naar krantenartikelen over onverklaarbare dingen,' zei Petra. 'Je weet wel, vreemde lichten aan de hemel, dingen die door ruimtes zweven zonder zichtbare verklaring, geesten en dat soort rare dingen. Hij heeft het over hoe blind en, nou ja, idioot een groot deel van de wetenschap is. En hij is grappig. Hij neemt niemands gedachten erg serieus, ook die van hemzelf niet.' Ze wachtte even, verbaasd dat ze zo veel zei. 'Ik vind het leuk te lezen over mensen die dingen zelf uitzoeken. En verder denk ik graag over dingen na die niemand begrijpt. Nog niet.'

'Mmm.' Calder had zijn mond vol.

'Bijna overal waar je kijkt, staat iets verbazingwekkends. Luister maar.' Petra bladerde naar het midden van het boek.

'ER ZIJN VEEL MYSTERIEUZE VERDWIJNINGEN VAN MENSEN GEWEEST...
CHICAGO TRIBUNE, 5 JANUARI 1900 — SHERMAN CHURCH, EEN JONGEMAN DIE IN DE AUGUSTA-FABRIEK (BATTLE CREEK, MICHIGAN) WERKTE, IS VERDWENEN. HIJ ZAT IN HET KANTOOR VAN HET BEDRIJF, STOND INEENS OP EN RENDE DE FABRIEK

IN. HIJ IS NOOIT MEER GEZIEN. DE FABRIEK IS
BIJNA AFGEBROKEN DOOR DE SPEURDERS, EN DE
RIVIER, DE BOSSEN, EN DE STREEK ZIJN UITGE-
KAMD...'

En dan:

'VERSLAGEN OVER ZES MENSEN DIE, TUSSEN 14
JANUARI 1920 EN 9 DECEMBER 1923, ZWERVEND
ZIJN GEVONDEN IN OF BIJ HET DORPJE ROMFORD,
ESSEX, ENGELAND, EN DIE NIET IN STAAT WAREN
IETS OVER ZICHZELF TE VERTELLEN OF OVER HOE
ZE DAAR WAREN GEKOMEN.'

Calder was gestopt met kauwen en staarde haar aan.
'Tommy kent een jongen in New York die Kikker heet
en pas is verdwenen.'

'Kikker?' Petra begon weer te lachen. 'Een vliegende
kikker!'

Calder wilde ook wel lachen, maar zijn opmerking
was niet grappig bedoeld. Waar had ze het trouwens
over?

'Geloof je die meneer Fort?' Calder had meteen spijt
van zijn vraag. Dit had hij niet willen zeggen. Petra
lachte niet meer, ze keek teleurgesteld.

'Nou, wat ik zo gaaf vind, is dat hij met krantenartikelen werkte. Veel mensen zullen dat wel heel stom vinden.' Meteen pakte Petra haar spullen bij elkaar en stopte *Lo!* in haar tas.

Dit ging niet goed. Calder begreep Petra's enthousiasme juist heel goed: hij wilde gewoon niet weer als een sukkel overkomen. Bovendien, het verband met Kikker was zo'n vreemd toeval. Voordat Petra op kon staan, flapte hij eruit: 'Je beschrijving was geweldig. En ik zag ook juffrouw Hussey en een oude mevrouw, die mevrouw Sharpe heet, en meneer Watch, mijn baas bij Powell's, gisteren bij mijn huis. Ze waren er allemaal tegelijk.'

Petra keek niet meer zo nors. 'Mevrouw wie?'

'Sharpe. Tenminste, zo klonk het.'

Petra haalde haar boek weer te voorschijn. Ze deed het bij de eerste bladzijde open en liet het aan Calder zien. 'Vreemd, hè?'

'Louise Coffin Sharpe,' las Calder. 'Denk je dat zij het is? Ik zou het kunnen uitzoeken,' zei hij, alsof dat doodsimpel was.

'Oké.' Petra lachte stralend naar hem. 'Bedankt. Ik zou het supergraag willen weten. Ik had niet gedacht dat de eerste eigenaar nog zou leven.'

✖✖✖De volgende dag was het zaterdag, en Calder kwam al vroeg bij Powell's aan. Meneer Watch zat achter de voorste kassa fronsend gebogen over wat eruit-zag als een brief.

'O ja, je moet iets voor me bezorgen.' Meneer Watch vouwde de brief weer op. 'Je moet een paar boeken afleveren. De naam is Sharpe.'

Calder grijnsde. De gebeurtenissen pasten in elkaar als pentomino's. Hij zei brutaal: 'Zou dat Louise Sharpe kunnen zijn?'

Meneer Watch keek streng. 'Ja, maar niet voor jou.' Hij gaf Calder een papieren tas met boeken.

Onderweg gluurde Calder in de tas. Er zaten een paar Franse romans in, en een nieuw boek over kunst van David Hockney. Typisch een boek dat juffrouw Hussey zou lezen. Er zat ook nog een klein, versleten boekje in dat *Een experiment in de tijd* heette. Toen Calder naar de inhoudsopgave bladerde, zag hij dat hoofdstuk twee 'De puzzel' heette. Mevrouw Sharpe was misschien zo gek nog niet.

Als ze Calder al herkende, liet ze het niet merken. Hij besloot maar niets te zeggen over het glas water. Calder zag dat ze ongewoon groene ogen had – zee-groen omringd door veel rimpels en botten. Ze vroeg hem in de huiskamer te wachten terwijl ze een cheque haalde.

Hij keek rond. Hij stond op een groot oosters tapijt. Fluwelen kussens, een naakt beeld, glazen kasten: het

was net een museum. En in een hoek, op een netjes opgeruimd bureau, stond een grote, moderne computer.

Toen zag hij het. Calder kon zijn ogen niet geloven. Daar, boven de bank, hing een grote versie van het schilderij op zijn doos.

'Weet je wat dat is?' Hij schrok op van haar stem.

'Ik wilde het juist aan u vragen – weet u, mijn oma heeft me een doos gegeven met die vent, ik bedoel met dat schilderij, op het deksel, en ik wilde uit gaan zoeken wie het heeft geschilderd... en ik heb net huiswerk zitten maken dat er een beschrijving van geeft... Wat toevallig, hè?'

Mevrouw Sharpe snoof en gaf Calder de cheque. 'Nou, eigenlijk niet. Dat is een reproductie van een schilderij van Vermeer, *De geograaf.* Er zijn er vast duizenden van.'

'O! Wie was Vermeer? Ik heb die naam wel eens eerder gehoord, maar... u weet wel.' Calder, nog steeds verbaasd, begon enthousiast te worden.

'Hij was een Nederlander en schilderde in de zeventiende eeuw.' Ze wachtte even en keek peinzend naar Calder's enthousiaste grijns. 'Ik weet zeker dat je in jullie schoolbibliotheek wel een boek over hem kan vinden.'

'Wauw, dit is zo perfect.' Calder was in zijn enthousiasme al op weg naar de voordeur. Toen herinnerde hij zich Petra's boek. 'Hé, mevrouw Sharpe – mag ik u iets vragen? Het gaat over *Lo!*, een boek dat een vriendin van mij, Petra Andalee, bij Powell's heeft gevonden, en... nou ja, ik denk dat uw naam er misschien instaat.'

Mevrouw Sharpe was even heel erg stil. Waar dacht ze aan? Toen ze sprak, was haar stem zacht. 'Begrijpen jullie het boek?'

Calder keek op. Hij kon aan haar gezicht niet zien of het een strikvraag was. 'Een beetje,' loog hij. 'Ik bedoel, we houden allebei wel van die verhalen over vreemde dingen die gebeuren en die niemand begrijpt – zoals mensen die verdwijnen. En het is cool dat hij dat allemaal in kranten heeft gevonden.'

'Ik wist niet dat dat soort boeken tegenwoordig nog werd gelezen.' Mevrouw Sharpe was nu bijna menselijk.

Aangemoedigd, flapte Calder eruit: 'O ja, heel vaak.' O nee – nu was hij te ver gegaan.

'Kom een keer na schooltijd theedrinken. Breng je vriendin mee, dan kunnen we over Charles Fort praten.' De stem van mevrouw Sharpe klonk nu ijzig. 'Om vier uur.' Ze draaide zich om en deed de deur open en Calder wist dat hij werd weggestuurd.

'Oké, dat doe ik. Beda—' De deur viel dicht. Calder liep verdoofd terug naar Powell's. *Mijn vriendin Petra?*

Hij hoopte maar dat ze zijn vriendin zou worden, en snel. In geen geval ging hij alleen terug om over *Lo!* en dat soort dingen te praten. Waar was hij nu weer in beland?

✖✖✖Maandagmorgen was blauw en wit, en de wind blies alles in het rond: stapelwolken, kale takken, rotzooi.

Calder stapte de voordeur uit en zag Petra achter een vel papier aanrennen, richting de Castigliones. Terwijl hij toekeek, vloog het papier in een sierlijke boog de lucht in, over het dak van de boomhut van de Castigliones naar de spoorrails.

Petra stond stil. 'Verdorie!' zei ze. 'Die brief lag halfbegraven in jullie tuin. Ik heb alleen maar het begin gelezen, maar er stond iets in over een oude misdaad en kunst.' Ze haalde haar schouders op. 'Waarschijnlijk alleen maar een idiote advertentie of zo, in elk geval geen echte brief.'

'Ik heb zitten denken over dat boek van Charles Kasteel,' begon Calder.

'Fort.' Petra probeerde niet te lachen.

'En nog iets anders.' Calder haalde diep adem. 'Mevrouw Sharpe. Het is haar boek. En ze is geïnteresseerd in wat we – ik bedoel jij – erover weet. Ze wil je ontmoeten.'

Petra stond opeens stil. 'Echt?'

'Ze wil dat we een keer thee komen drinken. Het was meer een bevel dan een uitnodiging.' Calder keek naar de boomtoppen alsof die ook waren uitgenodigd. Wat moest hij doen als Petra niet mee wilde? Mevrouw Sharpe zou al snel merken dat hij had gelogen over *Lo!*.

Petra was even stil. 'Wacht eens. Hoe komt het dat je met haar hebt gepraat?'

Calder legde uit dat hij bij Powell's werkte en dat hij dat weekend iets had moeten bezorgen. De rest van de weg naar school praatten ze over toeval en ze waren het erover eens dat er soms wel degelijk verbanden waren. En Petra vond net als Charles Fort dat je zorgvuldig naar dingen moest kijken. Calder wilde haar over zijn doos vertellen, en over het toeval dat hij *De geograaf* bij mevrouw Sharpe aan de muur had zien hangen, maar hij deed het niet – juffrouw Hussey had zijn beschrijving nog niet hardop voorgelezen. Hij hoopte dat Petra het stuk goed zou vinden.

Ze vonden allebei dat er heel wat uitgezocht moest worden in de wereld. Volgens Petra zou juffrouw Hussey hen wel vreemde feiten laten verzamelen, zoals Fort dat had gedaan. Tenminste, als kinderen als Denise het niet voor iedereen verpestten.

'Misschien feiten over kunst – kunst en onverklaarbare dingen!' flapte Petra eruit.

'Petra, je bent geweldig.' Hoe had hij ooit kunnen denken dat die driehoek haar niet slim zou zijn?

Petra's mond vertrok op een vreemde manier. 'Je kunt beter eerst dat boek lezen voor je het met me eens bent. Misschien ben je niet zo gek als ik.'

Hij lachte en rammelde vrolijk met de pentomino's in zijn zak. Dit schooljaar werd steeds beter.

✖✖✖Die middag leende Calder *Lo!* van Petra. Ze had gelijk: Charles Fort was een heel bijzondere denker. Hij keek onbevreesd naar gebeurtenissen die niemand kon verklaren. Nog beter zelfs, hij zocht overal naar patronen. Calder begreep precies dat de man gefascineerd op zoek was naar verbanden tussen dingen die niets met elkaar te maken leken te hebben. En hij bewonderde de manier waarop Fort de experts uitdaagde. Hoe kon mevrouw Sharpe ooit genoeg hebben gekregen van zo'n opwindend boek?

Over mevrouw Sharpe gesproken, hij moest nog wat speurwerk verrichten.

De reproductie van *De geograaf* in zijn bibliotheekboek was helderder en scherper dan het plaatje op zijn doos. Achter de man hing een kaart in een lijst, en daarboven de handtekening I Ver Meer, en daaronder MDCLXVIII. Calder telde: duizend plus vijfhonderd plus honderd plus vijftig plus tien plus vijf plus drie – 1668. De volledige naam van de schilder was Johannes Vermeer, ook bekend als Jan Vermeer, en hij kwam uit Nederland, in Noord-Europa.

Het boek legde uit dat niemand zeker wist wie de geograaf was, maar dat Vermeer in een gebied woonde dat het centrum van de kaartenmakers was. Het zei dat mensen met geld graag kaarten aan de muren van hun huizen hingen, om te laten zien dat ze rijk waren en dat ze over de wereld nadachten. Kaarten maken was een gerespecteerd beroep, iets tussen natuurwetenschap en kunst in.

Calder bladerde door het boek en keek naar een paar andere schilderijen van Vermeer. Op veel daarvan stonden mensen voor een raam. Het tapijt van de Geograaf was op veel schilderijen aanwezig, en een geel jasje kwam ook steeds terug. De taferelen gaven je het gevoel alsof je in iemands privé-leven zat te gluren. Door het licht dat van buiten kwam, zagen gewone voorwerpen er belangrijk uit: een ganzenveer, een kruik melk, een oorbel, de koperen knopen die aan een stoel met een rechte rugleuning zaten. Calder bedacht ineens dat er verborgen informatie in zou kunnen zitten – tenslotte hadden codes herhaling nodig, en dezelfde voorwerpen verschenen steeds weer in Vermeer's werk. Je zag de duidelijke geometrie van raamkozijnen en vloertegels, en dan al die parels, manden, kruiken en ingelijste kaarten. Je zag symmetrie, in z'n geheel en zorgvuldig doorbroken.

Calder las verder. Het boek zei dat Vermeer straatarm stierf toen hij in de veertig was, en dat er bijna niets bekend was over zijn leven. Niemand begreep waarom zo'n fantastische schilder maar vijfendertig kunstwerken had gemaakt. Niemand wist wie de mensen waren die hij had geschilderd, of waarom hij de dingen schilderde die hij had geschilderd. Niemand wist hoe hij kunstenaar was geworden.

Vermeer had meer vragen dan antwoorden nagelaten.

Hoofdstuk 8   EEN HALLOWEENVERRASSING

✖✖✖Op zondagochtend, 31 oktober, hoorde Petra haar vader tegen haar moeder zeggen dat hij Halloween gewoon niet aankon.

'Maar Frank, denk toch aan de kinderen.' Haar moeder klonk gespannen.

Toen hoorde Petra het gebrom van haar vader en ving stukjes op van wat hij zei: 'Sorry, lieverd... brief bij de post deze week... je zult het zien... is voorbij voor we het beseffen.' Daarna had hij haar moeder omhelsd.

Wat voor brief? En wat was er gebeurd met de brief die ze hadden verscheurd? Wát zou snel voorbij zijn? Zouden ze geldzorgen hebben? Moesten ze verhuizen? Petra wilde juffrouw Hussey niets liever vertellen dan wat ze net had ontdekt: over belangrijke brieven kon je gewoon niet praten, omdat er altijd geheimen instonden. Juffrouw Hussey had er vast nooit een gekregen, anders had ze dat wel geweten.

✖✖✖Op Halloween was Harper Avenue in zijn element. Mensen kwamen overal vandaan om door de straat van Petra en Calder te lopen, en de gezinnen probeerden alles zo eng mogelijk te maken. Graven verrezen in voortuinen, compleet met rondslingerende

74

botten, grafzerken en scheppen. Vogelspinnen kropen uit het riool en pompoenen vlamden en gromden. Aan dakgoten hingen lijken zachtjes te schommelen in de duisternis. Chocolade oogballen knisperden onder je voeten. Dikke spinnenwebben bedekten de struiken en hekken, en krakende stemmen en orgelmuziek klonken op uit bloembedden. Voor de kinderen uit de buurt waren hun kostuums superbelangrijk.

Om vier uur 's middags worstelde Petra met de linten in haar haar. Het was springerig en krullerig en wilde niet strak naar achteren gebonden worden. Tenslotte rukte Petra alle linten eruit en maakte een paardenstaart, die ze als een knot vastbond. Toen maakte ze de linten, die al gestrikt waren, met haarspeldjes vast.

Daarna deed ze haar zelfgemaakte oorbellen in. Het waren grote, witte kralen die aan een ring hingen. Ze zag er anders uit, heel anders. Buiten denderde de trein voorbij en Petra bleef stilstaan om te kijken of haar oorbellen meetrilden.

Ze deed het jasje met de kraag en manchetten van nepbont aan. Ze had zorgvuldig stukken van een oud Dalmatiërkostuum op een gele trui genaaid. Ze was klaar. Ze liet haar oogleden een beetje zakken, glimlachte flauwtjes en bekeek zichzelf van opzij in de spiegel. Ze voelde zich, in elk geval op dit moment,

net zo rustig en elegant als de schrijfster uit haar droom.

✖✖✖Toen Petra de deur opendeed, stond Calder voor haar neus, gekleed in een grote, rode letter die hij gemaakt had van aan elkaar geplakte, kartonnen vierkanten.

'Hoi, Calder!'

'Petra—'

Opeens wilde ze dat ze zich niet zo had opgetut en instinctief stapte ze naar achter, uit het licht.

'Je lijkt op iets wat ik heb gezien, ik bedoel, op een schilderij—'

'Echt?' mompelde Petra.

'Hoe kwam je erop je zo aan te kleden als zij?'

'Als wie?' Petra keek Calder nu recht aan en fronste een beetje.

'De vrouw met de ganzenveer, de vrouw aan het bureau!'

Calder probeerde zijn pentominokostuum te beschermen toen Petra hem de hal introk. 'Vertel me precies waar je het over hebt.'

'Kijk uit! Nu heb je mijn F verbogen,' zei Calder boos. 'Waar maak je je zo druk om?'

'Sorry. Dat komt omdat je mijn kostuum herkende. Weet je, ik heb erover gedroomd.'

'Bedoel je dat je over een schilderij gedroomd hebt?'

'Ik zei niet dat het een schilderij was. Ik wist niet wat het was.'

'Vreemd. Ik heb jouw schilderij thuis. Kom maar mee, dan kun je het zelf zien.'

Ze waren in een wip van Petra's huis bij dat van Calder.

Binnen kroop Calder uit zijn F en vloog naar boven. Toen hij terugkwam, droeg hij een reusachtig bibliotheekboek. Hij ging op de grond zitten en bladerde snel door de reproducties. Petra knielde naast hem neer.

'Hier!'

Petra's maag draaide zich om. Het was niet alleen haar kleding, het was de vrouw uit haar droom. Ze raakte de reproductie met haar vingers aan, alsof ze er zeker van wilde zijn dat hij er echt stond. Ernaast stond: Johannes Vermeer, *Schrijvende vrouw in het geel*, circa 1666.

Hoofdstuk 9 DE BLAUWE

✖✖✖Calder en Petra vonden nog drie schilderijen met de vrouw in het gele jasje. Op een ervan droeg ze een parelketting en keek ze in een spiegel. Op een andere speelde ze op een luit. Op de derde zat ze aan een schrijftafel en gaf een dienstmeisje haar iets wat op een brief leek.

'Heb je dit nooit eerder gezien?' Calder keek bezorgd.

'Nooit.' Petra had een van haar oorbellen afgedaan en rolde hem over de grond.

'Hoe kun je nou dromen over iets waarvan je niet eens wist dat het bestond?'

'Ik vraag me af,' zei Petra langzaam, 'of schilderijen die uit zichzelf je gedachten binnenzweven net zoiets zijn als vliegende kikkers of verdwijnende mensen.'

'Mmm... je bedoelt dat je droom misschien deel uitmaakt van iets groters.' Calder sprong op en haalde pen en papier. Hij gaf ze aan Petra. 'Misschien moeten we alle onverklaarbare dingen maar eens gaan bijhouden.'

Petra boog zich vrolijk over het papier. 'Prima.'

Ze begon met:

Charles Fort: grote vragensteller, filosoof, gids

79

'Hé, er is nog iets. Wist je dat ik een F als kostuum heb gemaakt omdat ik dacht aan de F van Fort?'

'We zullen het erbij zetten.'

Calder vertelde Petra over zijn doos en legde uit waarom hij het boek in huis had. 'Ik vraag me af waarom ik eigenlijk weer aan dat oude ding dacht. Als het niet opeens bij me was opgekomen, had ik bij mevrouw Sharpe *De geograaf* niet herkend, en dan had ik nooit over Vermeer gelezen of jouw kostuum herkend.'

'Het is de schuld van juffrouw Hussey,' zei Petra opgetogen. 'Het is allemaal begonnen met haar vindkunst-opdracht. Nou, we hebben zeker wat gevonden.'

De volgende tien minuten waren ze druk bezig uit te zoeken wat wanneer was gebeurd. Petra schreef:

1. Calder schrijft over doos met Geograaf erop, zelfde dag dat Petra Lo! vindt, erover schrijft, dan over de vrouw droomt

2. Calder en Petra lunchen samen en praten over Fort

3. Calder bezoekt mevrouw Sharpe en ziet Geograaf, hoort over Vermeer

4. Calder haalt boek uit bibliotheek

5. Petra en Calder maken kostuums.

Petra denkt aan Vermeer, Calder denkt aan Charles Fort
6. *Halloween: Calder herkent Petra's kostuum*

Calder bladerde weer van voor naar achteren door het boek. 'Dit vertelt niet veel over Vermeer's leven. Denk je dat we een klein onderzoek moeten doen? Ik heb me af zitten vragen of er een soort geheime code is die nog nooit door iemand is ontdekt... Ik bedoel, vanwaar al die parels en ganzenveren en knoopdingen?'

'Goed denkwerk.' Petra grinnikte.

'En misschien is er nog wel een ander idioot verband met Charles Fort,' ging Calder verder. 'Feiten die we misschien over het hoofd zien.'

'We zouden morgen in de bibliotheek van de middelbare school kunnen kijken.'

'Cool.' Calder stond op en stak zijn hand in zijn zak. Hij rommelde tussen de pentomino's en haalde er een uit. 'De V van Vermeer.' Hij glimlachte afwezig naar Petra, die verbluft keek. 'Een kans van één op twaalf. Denk je dat dat toeval is?'

✖✖✖De volgende morgen op weg naar school vroeg Petra Calder naar de V van het Vermeer geval. 'Ik heb jou over de vrouw verteld. Nu kun je mij over die pentomino's vertellen. En zeg niet dat ze alleen maar gebruikt worden om rechthoeken te maken.'

'Ze helpen me dingen te snappen,' begon Calder. Hij keek van opzij naar Petra. 'Beloof dat je me niet zult uitlachen.'

'Waarom zou ik? Wat kan er nog gekker zijn dan mijn droom?'

'Nou, het is alsof de pentomino's als het ware tegen me praten. Ik krijg meestal het gevoel dat ze me iets willen vertellen, en dan pak ik er een en komt er opeens een woord in mijn hoofd op.'

Petra keek Calder belangstellend aan.

'Ik weet wel dat het als een bijgelovig spelletje klinkt. En dat is het misschien ook wel. Maar je hebt gelijk over Charles Fort. Hij laat je goed kijken naar dingen waar je anders niet op zou hebben gelet.'

'Ik vind het cool.'

Calder lachte dankbaar naar Petra. Hij had kunnen weten dat ze het zou begrijpen.

Om half vier die middag zaten ze achter een stapel boeken in de bibliotheek.

'Laten we beginnen met de data, goed?' Petra, die netjes met een paarse pen schreef, begon een nieuwe bladzijde met de kop 'Feiten over Vermeer'.

Calder keek in het boek dat voor hem lag. 'Wauw! Petra! Luister: Vermeer werd gedoopt op Halloween

in 1632. Dat is het eerste feit over zijn leven.'

'Beetje eng, vind je niet? We begonnen over hem te schrijven op dezelfde dag dat zijn naam voor het eerst werd geregistreerd. Er zit meer dan drieëneenhalve eeuw tussen...'

'Hier staat het,' ging Calder verder. 'Johannes, zoon van Reynier Jansz en Digna Baltens—'

'Wacht even. Hoe schrijf je dat?'

Calder wachtte terwijl Petra de namen overschreef. Hij ging verder: 'Zijn vader was een herbergier in Delft, maar hij was ook een wever die een fijne, satijnen stof maakte die "caffa" genoemd werd. Vermeer was ook herbergier, en daarna kunsthandelaar. Eens kijken... toen hij eenentwintig was, trouwde hij met Catharina Bolnes. Later dat jaar werd hij ingeschreven als "Meesterschilder" bij het Sint Lucasgilde... werd directeur van datzelfde gilde, een paar keer... kreeg elf kinderen. Hij stierf in 1675, op drieënveertigjarige leeftijd.'

Petra zat als een gek te schrijven.

Calder sloeg de bladzijde om. 'Het lijkt erop dat hij schulden had toen hij stierf, en dat hij niet echt beroemd was tot ongeveer honderd jaar geleden. Pff. Hij is geheimzinnig, alles aan zijn leven is geheimzinnig. Er zijn geen aantekeningen over hoe hij begon, of waar zijn gezin van leefde. Historici weten niet waar hij werkte, of wie de vrouwen en mannen op zijn schilderijen waren, of ze familie of vrienden of zo waren. Dat heb ik eerder gelezen – er is bijna niets bekend over hem als mens.' Calder keek op. 'Dat is heel gek, vind je niet? Ik vraag me af of iemand zijn aantekeningen of brieven heeft vernietigd.'

Petra keek naar Calder. 'Het lijkt verdacht. En droevig, vind je ook niet? Die magische taferelen waar niemand ooit iets meer over zal weten.'

Calder zat weer te lezen. 'Weet je wat hier staat? Hij signeerde maar een paar van zijn schilderijen. Ik vraag me af waarom?' Calder sloeg de bladzijde om. 'Dat zou ik nooit hebben gedaan,' mompelde hij in zichzelf.

'Laten we proberen iets meer te weten te komen over het schilderij in je droom,' ging hij verder. 'Hier is het: *Schrijvende vrouw in het geel*, het hangt in de National Gallery of Art, een groot museum in Washington D.C. Het ding dat ze draagt is een ochtendjasje, en het heeft wit bont langs de kraag en de mouwen. Die grote oorbellen zijn van bijzonder glas of het zijn parels, kun je je dat voorstellen? De oester die ze heeft gemaakt, moet wel zo groot als een voetbal zijn geweest. Dat is een ganzenveer natuurlijk. Dezelfde stoel met de knoppen van leeuwenkoppen komt ook op andere schilderijen voor... en dezelfde sieraden, meubels, zelfs kaarten en schilderijen aan de muren. Ik vraag me af of dit het huis van Vermeer is.'

'Moet moeilijk zijn geweest, werken met zo veel kinderen.' Petra dacht aan hoe lawaaierig het met vijf al kon zijn.

'Kunnen we hier iets zinnigs aan ontdekken?' vroeg Calder.

'Nou, dat Halloweengedoe. Dat is nogal een vreemd toeval.'

'Maar is er nog iets wat we missen? Een patroon? Getallen?'

'Het lijkt erop dat er hier te veel verband is,' zei Petra langzaam. 'Zoals mevrouw Sharpe die het werk van Vermeer en ook van Charles Fort kent, jij die mevrouw Sharpe kent, ik die mevrouw Sharpe's boek lees en die droom heb op het moment dat jij over Vermeer leest, en dan de kostuums die we allebei hebben gemaakt... Denk je dat ideeën altijd op deze manier overlappen en dat mensen dat gewoon niet doorhebben?'

'Misschien.'

Toen ze de bibliotheek uit waren liepen ze een poosje zwijgend naast elkaar. Calder haalde twee pakjes M&M's met pinda's uit zijn jaszak en gaf er een aan Petra.

'Bedankt,' zei ze verbaasd.

'Welke zijn jouw lievelings?' vroeg hij.

'De blauwe.'

'Hé, wat vind je ervan als de blauwe M&M's 'geheim'-

betekenen? We kunnen ze sparen en er allebei één opeten bij speciale gelegenheden, als een soort van teken omdat we alles willen oplossen. Het zou iets van ons alleen zijn—' Calder hoorde zichzelf en stopte.

Petra voegde er snel aan toe: 'Het zal een symbool zijn voor ons, Charles Fort en Vermeer. Perfect.'

Ze besloten de blauwe M&M's in Calder's doos onder zijn bed te bewaren. Petra zou het Vermeer-schrift bij zich houden.

Aan het eind van Harper Avenue stonden ze stil en aten ieder een M&M. Ze vonden allebei dat de kleur blauw een bijzondere en mysterieuze smaak had.

Hoofdstuk 10   IN DE PUZZEL

✖✖✖Calder voelde zich rusteloos toen hij op woensdagmiddag voor het raam van de woonkamer stond. Het was twee dagen geleden dat ze naar de bibliotheek waren geweest. Omdat ze niet wisten wat ze moesten onderzoeken, hadden Calder en Petra geen verder speurwerk gedaan.

Buiten regende het dat het goot. Het water spatte neer en maakte grote plassen. Toen Calder afwezig het vormen en hervormen van de druppels bekeek, kreeg hij opeens een idee. Natuurlijk! Het was de logische volgende stap. Hij rende de trap op, weg van zijn ouders die in de keuken zaten te praten, en pakte de telefoon.

Toen Petra opnam, zei hij: 'Hé, ik denk dat we het museum in Washington moeten opbellen en vragen of *Schrijvende vrouw in het geel* daar hangt. Weet je, om uit te vinden of het schilderij veilig is en zo.'

'Waarom zou het daar niet hangen?'

'Nou, ik wil het gewoon zeker weten. Misschien heeft Charles Fort mijn hersens aangetast, maar verhalen over teleportatie en mensen die in het niets verdwijnen... We moeten het controleren.'

'Ik kom eraan.'

✖✖✖Petra en Calder hadden nog nooit eerder een museum opgebeld. Ze gooiden een muntstuk op om te beslissen wie er zou bellen, en Petra toetste de cijfers in. Eerst klonk er een bandje met de openingstijden en informatie over tentoonstellingen en rondleidingen, en toen kreeg ze eindelijk de kans om persoonlijk met iemand te praten. Petra hield de hoorn schuin, zodat Calder kon meeluisteren.

'National Gallery of Art.' De stem klonk zijdeachtig, niet jong en erg officieel.

'Eh, we bellen om te vragen of een bepaald schilderij van Vermeer nu aan de muur hangt.'

'O? Welk schilderij bedoel je?' Petra trok een gezicht tegen Calder, want de stem had nu die gemaakte vrolijkheid die sommige volwassenen gebruiken als ze tegen kinderen praten.

Petra ging verder en probeerde zo zakelijk mogelijk te klinken. '*Schrijvende vrouw in het geel.*'

'Ik zal het even in de computer opzoeken. Als het schilderij is uitgeleend, kan ik dat zo zien.'

Petra en Calder wachtten, zwijgend, tot ze weer wat zou zeggen.

'Eh, ja, het schilderij is momenteel op reis. Het is in Chicago. Er komt een tentoonstelling genaamd "Schrijvers in de Kunst" in het Kunstinstituut.'

De ogen van Petra en Calder werden groot van verbazing. Calder greep de telefoon en trok daarbij aan Petra's haar. Er klonk een fel, gefluisterd 'Au!' gevolgd door een gesmoord 'Sorry!'

'Wat zeg je?' klonk de vrouwenstem weer.

'Weet u of het schilderij nu al in Chicago is?' Calder kneep zo hard in de hoorn dat zijn knokkels wit werden.

De vrouw aan de andere kant aarzelde. 'Nou, dat staat in de computer. Ik neem aan van wel. Het is een paar dagen geleden uit Washington vertrokken, en de tentoonstelling begint volgende week.'

Omdat hij voelde dat de vrouw zou gaan vragen met wie ze sprak en waarom ze dat wilden weten, zei Calder snel: 'Dankutotziens' en hing op.

'Petra, hoorde je dat?'

Petra knikte zwijgend.

'Denk je wat ik denk?'

Ze knikte weer. 'Ik bel het Kunstinstituut. En deze keer, Calder Pillay, blijf je van de hoorn en mijn haar af.'

Na een lange tijd wachten en doorverbonden worden, kwamen ze alleen te weten dat er volgende week een nieuwe tentoonstelling zou beginnen.

'Nou ja, het zou best kunnen dat we over die dingen nadenken omdat het schilderij een onderdeel van een tentoonstelling hier bij ons is, en... en we dat alleen maar oppikken, dat is alles...' Petra's stem klonk zachtjes.

'Ja, maar het voelt toch raar, hè, te weten dat ze op reis is, vind je ook niet?' zei Calder.

'Schilderijen reizen vaak. En nu kunnen we haar echt gaan bekijken.'

'Tijd voor een blauwe.'

Ze zaten in kleermakerszit op de grond met de Geograaf tussen hen in, en discussieerden of de M&M's die ze hadden gepakt even groot waren. Ze speelden een spelletje monopolie, maar niet van harte. Calder's moeder bracht hun koekjes op donkerblauwe servetjes met groene kikkers erop.

'Hé, waar hebben we deze servetten vandaan, mam?'

'Dat weet ik niet meer, maar ze zijn wel leuk, hè?'

Toen ze weg was, keken Calder en Petra elkaar aan.

'Misschien heeft de regen de kikkers een excuus gegeven om binnen te komen vallen,' grinnikte Calder.

'Jaja. Over kikkers gesproken, nog iets uit New York gehoord?'

Calder had Tommy de vorige avond gebeld. Hij had Calder verteld dat hij zich begon af te vragen of er een reden was waarom iedereen in zijn buurt zo onaardig deed – dat er bij voorbeeld een groot geheim was waar hij nog niets van wist. Kikker was absoluut nog steeds weg, en niemand wilde Tommy vertellen waarom. Hij gaf toe dat hij misschien wat overdreven had gedaan over dat ontvoer-gedoe, maar een feit was een feit: de ene dag was Kikker er nog en de volgende was hij weg. En niemand wilde erover praten.

'Ik vind het zo vervelend dat ik hem niet kan helpen,' zei Calder tegen Petra. 'Het moet best eng zijn, je afvragen of jij de volgende bent die verdwijnt.'

'Misschien zeggen je pentomino's iets,' stelde ze voor.

Calder graaide in zijn zak. Toen haalde hij er een N uit. Hij fronste. 'De N van wat?' Calder dacht hardop. 'New York? Nee. National Gallery of Art? Laat maar – een serieus geval van Vermeeritis.'

'Ja, het is moeilijk om aan iets anders te denken.'

✖✖✖De volgende dag na school harkte Petra met haar vader bladeren bij elkaar. Hij leek de laatste tijd in zijn eigen wereld te leven. Hij gaf nooit eten door aan tafel. Laatst had hij vergeten de kraan van het bad dicht te draaien. Hij probeerde kleine sokken uit de sokkenmand aan te trekken en keek verbaasd als ze niet pasten.

Nu harkte hij steeds weer dezelfde plek op het grasveld. Het gras liet los, waardoor er kale plekken ontstonden.

'Pap?' Petra was gestopt met harken.

'Ja?'

'Gaat het wel?'

Petra's vader keek naar haar alsof ze aan de andere kant van een raam stond. Hij tilde zijn hand op met een stijve zwaai. 'Prima!'

Maar Petra geloofde er niets van. Wat was er met hem gebeurd? Hij ging nog steeds naar zijn werk, maar hij was altijd afwezig. Had ze de brief maar gevonden waarmee dit was begonnen, waar haar ouders een paar weken geleden ruzie om hadden gehad. Misschien zou ze iets hebben kunnen doen.

Toen haar vader naar binnen ging, hoorde ze hem mompelen: 'Een lening. Krankzinnig.'

Petra's ogen gingen wijd open. Een lening... Het eerste waar ze aan dacht was *Schrijvende vrouw in het geel*. Waar had haar vader het over? Bedoelde hij geld? Of had ze het verkeerd verstaan? Had hij misschien 'alleen' gezegd? Wat het ook was, het klonk slecht.

✖✖✖Calder maakte die middag twee pompoentaarten met zijn moeder en speelde drie spelletjes patience. Hij hielp zijn vader de was opvouwen.

'Calder, wil je me nog ergens mee helpen? Kom eens mee naar buiten.' Calder's vader had zijn jas al aan.

Calder volgde hem naar de voortuin en zag vol verbazing hoeveel kranten er onder de dode planten waren gewaaid. Hij dacht aan de brief over misdaad en kunst die Petra daar had gevonden en toen weer was kwijtgeraakt.

Zijn vader keek omhoog naar het huis. 'We moeten weer eens schilderen. Vind je dat we dezelfde kleur moeten houden?'

'Ja,' zei Calder. 'Dat is oma Ranjana's kleur, toch? Jammer dat ze niet kan zien dat we haar kleur trouw blijven. Waarom hield ze eigenlijk zo van rood?'

Calder's vader lachte. 'Dat is een lang verhaal. Iets over de schilder Vermeer... Ze wilde dat hij meer rood had gebruikt. Ze vond hem de beste, maar rood had hem perfect gemaakt.'

'Vreemd,' zei Calder zacht.

Hij keek de straat af en zag Petra in haar tuin. Ze had een rode hoed op, een veeg heldere kleur in het grijs van november.

Soms wilde hij dat hij nooit van Fort of Vermeer had gehoord. Gebeurtenissen die puur toeval waren, leken nu bij elkaar te passen, maar niet op een manier die hij begreep of waarvan hij wist hoe hij erover moest denken. Het was één ding om een handjevol plastic stukken te gebruiken om oplossingen voor een puzzel te vinden, het was iets heel anders als je het gevoel had dat je in een puzzel was gevallen en er niet uit kon.

Hoofdstuk 11 NACHTMERRIE

✖✖✖Om half acht 's morgens op 5 november was Calder op jacht naar zijn gymschoenen. Petra zocht onder de bank in de zitkamer naar haar borstel. Ze bereikten op hetzelfde moment hun keuken.

In het gezin Pillay schonken Calder's ouders sap in, haalden muesli uit de kast en praatten met elkaar. Calder ving de woorden 'tragisch en 'schokkend' op.

'Wat is er gebeurd?' vroeg hij.

In Petra's keuken maakte haar moeder boterhammen met kaas en praatte tegen haar vader. Petra hoorde haar moeder zeggen: 'Hoe kan zoiets gebeuren? Ik bedoel, wiens schuld is het?'

Petra las de krantenkoppen. Op de voorpagina van de *Chicago Tribune* stond in gigantische letters: VERMEER VERDWIJNT: ONVERVANGBARE SCHAT VERDWIJNT TUSSEN WASHINGTON EN CHICAGO.

Petra zat verbijsterd op haar keukenstoel en begon te lezen:

> Een schilderij van Vermeer uit circa 1666, getiteld *Schrijvende vrouw in het geel*, werd afgelopen weekend gestolen toen het vervoerd werd van de National Gallery of Art in Washington D.C. naar het Kunstinstituut in Chicago.

Het schilderij zou het pronkstuk worden op een tentoonstelling die volgende week in het Kunstinstituut opent. *Schrijvende vrouw in het geel* is, volgens curators van de National Gallery of Art, van 'absoluut onschatbare waarde'. Het is een van de vijfendertig werken van de Nederlandse schilder Johannes Vermeer en ongetwijfeld een van de waardevolste schilderijen die in de twintigste eeuw zijn gestolen.

In een emotioneel telefoongesprek zei N.B. Jones, de curator die de uitlening begeleidde: 'Dit is de nachtmerrie van elk museum. Het is een teer en kwetsbaar schilderij dat in speciale atmosferische omstandigheden bewaard moet worden. Het is zeker miljoenen dollars waard, maar kan nooit op de zwarte markt worden verkocht. Een individuele verzamelaar moet opdracht voor de diefstal hebben gegeven. Dit is een onbeschrijfelijke tragedie.'

Volgens bronnen bij het Kunstinstituut arriveerde het schilderij gistermiddag met gewapende bewakers. Toen het enthousiast werd uitgepakt door een groep conservators en curators bleek de kist leeg te zijn.

Er zat een getypt briefje op de verpakking geplakt. Er stond op: 'Jullie zullen het met me eens zijn.'

Alle begeleiders en gewapende bewakers die bij het schilderij in de buurt zijn geweest vanaf het moment dat het Washington heeft verlaten, zijn geïdentificeerd en worden vastgehouden voor ondervraging.

Petra kon nauwelijks ademhalen. Ze moest Calder spreken.

Calder luisterde naar zijn vader, die hardop stukjes voorlas. 'Ik wist het, ik wist het,' mompelde hij in zichzelf.

'Wat zeg je, Calder? Het is schokkend, hè?' Calder's vader gluurde over de krant naar hem. Toen Calder de gang door rende, hoorde hij zijn vader tegen zijn moeder opmerken: 'Heeft zeker spelling vandaag.'

Calder was met één sprong de traptreden af en rende naar Petra's huis. Hij kwam net aan toen ze naar buiten kwam. Ze keken elkaar aan en wisten dat ze het nieuws niet meer hoefden te vertellen.

Ze gingen op de stoeprand voor Petra's huis zitten.

'We wisten het, hè? We wisten het al van tevoren!' Calder begon woest de dode bladeren kapot te scheuren.

'Ja, maar we wisten het niet écht.' Petra's stem klonk gesmoord. 'Trouwens, wie zou aandacht hebben besteed aan twee kinderen die het over een paar toevalligheden hebben?'

'Er is nu geen twijfel meer dat er iets heel engs aan de gang is en dat wij er op de een of andere manier middenin zitten.' Calder keek Petra voor het eerst recht aan. 'Ik bedoel, hoe kunnen we gewoon tegen die dingen zijn aangelopen?'

Petra was het met hem eens. 'Het klinkt idioot, maar ik denk dat de vrouw van Vermeer op ons rekent – alsof ze heeft gewacht tot we op de hoogte waren.'

Ze waren allebei even stil.

Calder stond op. 'Wat doen we nu?'

'Wat Charles Fort zou doen. Goed opletten en kalm blijven.'

✖✖✖Juffrouw Hussey verscheen die ochtend op school met haar arm in een mitella. Ze legde uit dat de avond ervoor het licht in haar huis was uitgevallen en dat ze was gestruikeld. Wat een paar dagen geleden alleen maar een beetje spannend zou hebben geklonken, leek nu opeens onheilspellend voor Calder en Petra: het schilderij uit Petra's droom was gestolen, Petra's vader gedroeg zich vreemd, Calder maakte zich zorgen over Tommy, en nu was juffrouw Hussey

gewond geraakt. Petra en Calder keken elkaar aan en overdachten zwijgend de dingen die verkeerd gingen. Wie of wat zou de volgende zijn?

Juffrouw Hussey had de krant onder haar arm, en het eerste wat ze deed was het artikel over het Vermeer-schilderij hardop voorlezen. Daarmee begon een discussie over kunstdiefstal, en over hoe dieven soms het doek uit de lijst sneden. Juffrouw Hussey vertelde hen over een diefstal in 1990 in het Isabella Stewart Gardner Museum in Boston. Dieven hadden zich verkleed als politieagenten en hadden de nachtbewakers zover gekregen hen binnen te laten. Toen hadden ze de bewakers vastgebonden, het alarm uitgezet en tenminste tien schilderijen gestolen, waaronder een Vermeer en een Rembrandt. Die schilderijen werden nog steeds vermist. Ze vertelde nog een paar verhalen over kunstdiefstallen, sommige waren heel sluw uitgedacht, andere waren heel rommelig verlopen.

'We moeten maar hopen,' zei juffrouw Hussey, 'dat deze dief niet zo professioneel is.'

'U bedoelt dat hij misschien iets stoms zal doen?' vroeg Calder. 'Iets dat hem zal verraden?'

'Of dat hij of zij door de spanning zal instorten,' zei ze en haar stem klonk erg vermoeid. 'Jullie mogen vanochtend vrij werken – ik voel me niet zo lekker.'

De meeste leerlingen fluisterden vrolijk met elkaar

of gingen zitten lezen, en leken Vermeer te vergeten. De hele dag stond er een boek met een grote reproductie van de Vrouw tegen het bord. Calder liep erlangs en zag verbaasd dat het hetzelfde boek was dat ze juffrouw Hussey een paar weken geleden bij Powell's hadden zien kopen. Het woord dat Calder op de kaft had gezien, 'Ned' was een stuk van het woord 'Nederland'. *Nederlandse schilderkunst.*

Toen hij het aan Petra vertelde, was ze er stil van. 'Weer toeval,' zei ze met nauwelijks hoorbare stem. 'Ik vond de manier waarop juffrouw Hussey het had over instorten door de spanning niet leuk – ze ziet eruit of zíj zal instorten.'

'Vind je dat we haar moeten vertellen dat we Vermeer hebben bestudeerd? Het zal haar misschien opvrolijken,' stelde Calder voor.

Petra dacht er even over na. 'Nee,' zei ze langzaam, 'en ik weet niet goed waarom niet. Ik denk dat ze problemen heeft, en ik wil niet dat ze denkt dat we dat hebben gemerkt. Anders kunnen we haar niet helpen.' Petra keek Calder aan.

'Goed. Ze wil natuurlijk niet dat wij ook gewond raken,' zei Calder. Opeens herinnerde hij zich de pentomino die Denise onder juffrouw Hussey's bureau had geschopt. Het was een P geweest – de P van problemen.

✖✖✖Toen ze die middag naar huis liepen, zagen Petra en Calder juffrouw Hussey Harper Avenue oversteken en richting Powell's lopen. Ze wisten precies wat ze moesten doen.

Ze renden naar de hoek en keken beide kanten op. Er was niemand te zien, ze moest wel naar binnen zijn gegaan.

'Misschien kunnen we iets door het raam zien. Meneer Watch zit er meestal met zijn rug naar toe. Als we zomaar naar binnen stappen, staat ze misschien vlak voor ons,' zei Calder.

Petra knikte.

Ze kropen onder het raam en kwamen net genoeg omhoog om over de boeken in de etalage heen te kunnen kijken. Juffrouw Hussey en meneer Watch waren geconcentreerd aan het praten, hun hoofden vlak bij elkaar.

Het was frustrerend zo dichtbij te zijn en ze niet te kunnen horen. De hersens van Petra en Calder werkten op topsnelheid, maar ze dachten aan verschillende dingen. Calder dacht aan de vreemde dingen die hij meneer Watch had zien doen – waarom bracht hij zo veel tijd door in de kunstafdeling van de winkel? Het leek wel of hij altijd bezig was dáár boeken recht te zetten. Waarom was hij zo vriendelijk geweest tegen mevrouw Sharpe en liep hij met haar mee naar de winkel, voordat Calder haar boeken thuis ging bezorgen? En waren hij en juffrouw Hussey vrienden?

Petra vroeg zich af waarom juffrouw Hussey dat kunstboek een paar weken geleden had gekocht, en of het gewoon toeval was. Juffrouw Hussey was erg avontuurlijk. Had ze zich in de nesten gewerkt? Was ze echt gevallen de vorige avond? Had haar verwonding iets te maken met *Schrijvende vrouw in het geel*?

Terwijl ze naar huis terugliepen, deelden Petra en Calder hun zorgen. Als ze zich hadden omgedraaid, hadden ze kunnen zien dat juffrouw Hussey en meneer Watch samen de winkel uitkwamen.

Juffrouw Hussey had een dik pak onder haar goede arm.

✖✖✖De redactie van de *Chicago Tribune* drukte de volgende morgen deze brief zonder ondertekening af:

Beste, bezorgde kunstliefhebbers,

Ik ben degene die verantwoordelijk is voor de tijdelijke verdwijning van *Schrijvende vrouw in het geel*. Ze blijft in haar lijst en zal geen schade oplopen. Ze zal worden terugbezorgd als de leugens die het levenswerk van Johannes Vermeer omringen, zijn rechtgezet. Ik heb een misdaad begaan, maar in mijn hart weet ik dat mijn diefstal een geschenk is. Soms moeten er brutale stappen worden ondernomen om de waarheid te onthullen.

Dit is het probleem: de grote meester die bekendstaat als Johannes Vermeer schilderde in werkelijkheid maar zesentwintig van de vijfendertig schilderijen die we nu aan hem toeschrijven. Deze 'echte' Vermeers werden geschilderd tussen 1656 en 1669. Hoe ik dat weet? Kijk zelf maar. Zijn penseelstreek is onmiskenbaar, zijn visie en originaliteit onmogelijk echt goed na te maken.

Vertel me eens waarom er geen aantekeningen zijn die door deze grote schilder zijn geschreven, waarom bestaat er geen gedrukt materiaal over zijn levenswerk? Waarom weten we zo weinig van deze man?

Ik geloof dat dit het antwoord is: Vermeer's volgelingen en misschien zelfs wel de leden van zijn gezin, degenen die hij lesgaf en degenen die hem zo bewonderden, kwamen

in het bezit van zijn geschriften en vernie-
tigden ze na zijn dood. Daarna zijn een aantal van de schilderijen die onder zijn leiding
of invloed zijn gemaakt, verkocht als schilderijen die hij maakte als beginnend schilder of juist in zijn laatste jaren toen hij ziek
was. Eeuwen gingen voorbij en Vermeer
werd vergeten.

Toen het werk van de meester in de twintigste eeuw steeds waardevoller werd, waren degenen die deze 'vroege' en 'late' schilderijen bezaten natuurlijk niet erg gechar-
meerd van het idee dat ze misschien een
schilderij bezaten dat door iemand anders
was gemaakt. Die schilderijen hangen
tegenwoordig in een aantal grote musea
met aanzien zoals het Metropolitan
Museum of Art in New York en de
National Gallery in Londen. Wie is er nu
dapper genoeg om deze fout te corrigeren?
Wie anders dan het grote publiek, degenen
die niets te verliezen hebben?

Wat moet u doen? Eerst moet u gewoon
gaan kijken. Kijk naar de reproducties in
boeken over Vermeer als u niet naar een
museum kunt gaan. Vraag uzelf af, nadat u

de grote, geniale schilderijen heeft bestudeerd die Vermeer tussen 1660 en 1670, en vlak ervoor, maakte, of die andere werken dezelfde magie, dezelfde heldere glans, dezelfde geheimzinnige, onwezenlijke kracht hebben.

Welnu, hebben ze dat?

De grootste kunst behoort toe aan de wereld. Wees niet geïntimideerd door experts. Vertrouw op uw instinct. Wees niet bang om in te gaan tegen datgene wat u werd geleerd, of wat u werd gezegd te zien of te geloven. Ieder mens, ieder paar ogen, heeft recht op de waarheid. Deze schilderijen zullen tot u spreken zoals ze tot mij hebben gedaan.

Als u hebt gekeken zoals u nooit tevoren gekeken hebt, dan weet ik zeker dat u het met me eens zult zijn. En dan moet de zaak rechtgezet worden.

Om dat te doen, moet u protesteren. U moet lastig zijn en onmogelijk te negeren. Ik hoop dat u met duizenden naar musea, naar kranten, naar machtshebbers zult schrijven. Zodra het overblijvende levenswerk van deze grote schilder correct geïdentificeerd is, zal ik *Schrijvende vrouw in het geel* terugbezorgen.

Ik wacht vol spanning af. U kunt brieven sturen naar de volgende website, naar een virtueel mededelingenbord. Ik zal ze beheren en de wereld zal ze lezen.

Wat betreft de drie mensen die in oktober een brief van me hebben ontvangen, u weet wie u bent. Ik kan u niet genoeg bedanken. De rol die u heeft gespeeld is van onschatbare waarde.

Ik feliciteer u allen met uw jacht naar de waarheid.

Het tumult begon onmiddellijk en was dramatisch.

Hoofdstuk 12 THEE OM VIER UUR

✖✖✖De anonieme brief werd ook afgedrukt in een aantal grote kranten over de hele wereld. Dit was iets nieuws: een kunstkenner was een dief geworden en vroeg het publiek om hulp.

De klas van juffrouw Hussey werd van de ene dag op de andere een kruising tussen een museum en een laboratorium. De muren hingen al snel vol met reproducties van Vermeer-schilderijen, en overal lagen stapels bibliotheekboeken. De kinderen leenden sterke vergrootglazen van de natuurkundeafdeling en probeerden te ontdekken of de vloertegels van de schilderijen die Vermeer tussen 1660 en 1670 had geschilderd er net zo uitzagen als die van na 1670. Of ze vergeleken de handen op de verschillende schilderijen. Ze bestudeerden rimpels, spiegelbeelden, schaduwen, hout, glas, en stoffen. Daarbij ontdekten ze hoe vaag veel reproducties werden als je ze door een vergrootglas bekeek. Juffrouw Hussey leek blij met alle opwinding en discussies en liet iedereen zijn eigen mening verdedigen. Het was aan Calder om alle gegevens die de klas verzamelde in een gigantische tabel te zetten. Petra moest noteren welke schilderijen ze 'echt' vonden en welke niet. Andere kinderen maakten een kiessysteem en hielden de resultaten bij, of werkten aan brieven die ze op internet wilden zetten. Gesprekken die de klas spannend vond, waren voor andere mensen zenuwslopend. Achter gesloten deuren werden in musea of op hoge posten in de kunstwereld zulke gesprekken gevoerd, ze waren soms verhit en altijd ingewikkeld. Iedereen was het erover eens dat het belangrijkste vraagstuk was hoe *Schrijvende vrouw in het geel* terug te krijgen. Haar veiligheid was het belangrijkste. Ze waren het er ook over eens dat een hoog opgeleide terrorist de kunstwereld niet mocht chanteren, en daarbij een van de grootste schatten ter wereld in gevaar brengen, enkel en alleen om zijn zin te krijgen. Hoe zouden musea de eisen van de dief serieus kunnen nemen?

Een ander probleem was dat de brief de nieuwsgierigheid en fantasie van het publiek had doen ontvlammen. En natuurlijk voedde de pers die vlammen. Opeens voelde iedereen, van sportsterren tot taxichauffeurs, zich geroepen zijn mening te geven over welk werk zij een 'echte' Vermeer vonden en welk niet. Mensen praatten zelfverzekerd over Vermeer – in chique restaurants, in de metro, in donutwinkels, in liften. De verontwaardiging nam toe en steeds meer mensen verzetten zich tegen de zogenaamde experts. Want, als kunst niet voor alle mensen van de wereld was, voor wie dan wel? En, zoals de dief had gezegd, was het ene paar ogen niet net zo goed als het andere? Wat hadden een goede opleiding en een mooie titel te maken met kijken? Het aantal brieven op internet liep in de duizenden.

Velen waren het eens met de ideeën van de dief. Sommigen vergaven hem of haar zelfs, in het belang van de waarheid. Ze vonden dat de dief een erg belangrijke taak op zich had genomen, waar Vermeer erg blij mee zou zijn geweest.

Op de dag dat haar klas zou stemmen over de 'echtheid' van alle vijfendertig schilderijen, was juffrouw Hussey opvallend stil. De meerderheid van haar leerlingen was het met de dief eens, ze concludeerden dat Vermeer's vroege en late werken inderdaad verdacht waren.

Ongeduldig om te weten wat juffrouw Hussey er zelf van vond, stelde Calder haar de vraag die ze meestal aan hen stelde: 'En, bent u het ermee eens?' Hij dacht dat ze het heel goed zou vinden dat hij dat vroeg.

'We zullen zien,' zei juffrouw Hussey op een vlakke, volwassen toon. Dat was helemaal niets voor haar.

Toen ze zich omdraaide, kreeg Calder de indruk dat ze bang was.

✖✖✖Er waren een paar lange weken voorbijgegaan sinds mevrouw Sharpe Calder en Petra had uitgenodigd om te komen theedrinken. Intussen was *Schrijvende vrouw in het geel* verdwenen. Ze was weg, maar ze was overal – ze was nog steeds het geheim van Petra en Calder, maar ze was nu ook een bekende van duizenden anderen.

Mevrouw Sharpe had een boodschap voor Calder bij Powell's achtergelaten. Hij en 'zijn vriendin' werden op maandag 22 november op de thee verwacht.

Terwijl ze langzaam naar het huis liepen, zeiden Calder en Petra tegen elkaar dat het goed was om mevrouw Sharpe te zien. Als ze van Fort en Vermeer hield, had ze misschien wel wat ideeën over de diefstal.

Calder zag het bovenste gedeelte van mevrouw Sharpe's hoofd, alleen het puntje van een net, wit knotje, door een raam. Het werd al donker buiten en het verlichte interieur leek net een schilderij. Door het gebobbelde, oude glas konden ze een hoekje van *De geograaf* boven de bank zien, een waaier van roze licht op het plafond, een kanten gordijn – en toen opeens, als in antwoord op hun nieuwsgierigheid, ging er een hand omhoog die de jaloezieën neerliet.

'Calder? Er is hier iets raars.'

'Wat bedoel je?'

Voordat Petra antwoord kon geven, deed mevrouw Sharpe de deur open. 'Dus jij bent de jongedame die

mijn boek heeft. Kom gauw, er komt koude lucht binnen. We drinken thee in de keuken. Ik hou niet van rommel, dus gaan we daar zitten.'

Mevrouw Sharpe negeerde Petra's gemompelde opmerking over hoe mooi het huis was, en zei alleen: 'Kijk uit waar je loopt en kom nergens aan.'

Calder dacht bij zichzelf dat mevrouw Sharpe onbeleefd was. Voor iemand die zo fatsoenlijk was, was dat vreemd. Ze had nauwelijks gedag gezegd.

De keukenmuren waren betegeld met Delftsblauwe tegels en de borden in de glazen kasten waren ook blauw met wit. In het midden van de keuken stond een oude, houten tafel. Het oppervlak, versleten van ouderdom, glansde romig geel. De stoelen waren groot en zwaar en hadden houten leeuwenkoppen boven op de rugleuningen. Op de tafel stond een blad met een theepot, kopjes en schoteltjes, en een schaal met minuscule chocoladecakejes. Er lagen ook geborduurde servetten. Midden op de tafel stond een bos rode tulpen in een aardewerken kruik.

'Tjee, alsof je Vermeer's wereld binnenstapt!' Petra streek met overduidelijke verrukking over het kobaltblauwe glazuur van de tegels boven het aanrecht.

'Ga zitten allebei. Jullie zijn hier niet om dingen te bewonderen.' Mevrouw Sharpe's stem klonk scherp. Misschien merkte ze hoe streng ze klonk, want met een vriendelijkere stem zei ze: 'We zijn hier om over Charles Fort te praten. Deze jongeman heeft me verteld dat je mijn exemplaar van *Lo!* bij Powell's hebt gevonden. Maar nu eerst thee.'

Calder en Petra gingen zitten en namen gehoorzaam slokjes van hun thee, die in zulke dunne kopjes zat dat ze de schaduw van hun vingers aan de andere kant van het porselein konden zien. Het slikken van Calder maakte een hoop lawaai in de stilte. Petra wilde giechelen, maar verslikte zich in plaats daarvan in haar cake en moest de hap wegspoelen met een gloeiend hete slok Earl Greythee.

'Goed, Charles Fort. Wat denken jullie tweeën van hem?'

Petra schraapte haar keel. 'Hij gelooft in het uitzoeken van de waarheid, wat anderen ook zeggen. Calder en ik houden daarvan. Ik bedoel, hij is zo'n onbevreesd denker.'

'Ja...' Mevrouw Sharpe keek Petra met zo'n doordringende blik aan dat ze zich ongemakkelijk begon te voelen.

Petra keek hulpzoekend naar Calder. 'Calder en ik zijn nogal geïnspireerd door – nou ja, door zijn manier van kijken. Het lijkt erop dat de meeste mensen niet dapper genoeg zijn om zich dingen af te vragen zoals Fort deed.'

'Ja, zijn ideeën hebben veel voor me betekend.' Mevrouw Sharpe keek koeltjes naar haar theekopje alsof dat iets had gezegd in plaats van zijzelf. Het kwam bij Petra op dat de oude vrouw misschien meer had gezegd dan ze had gewild. Maar voordat Petra een goed antwoord kon bedenken, flapte Calder eruit: 'Maar waarom hebt u het boek dan weggedaan?'

Zodra hij het had gezegd, wist hij dat hij een fout had gemaakt. Met mevrouw Sharpe praten was niet zo makkelijk. Het was zoiets als spelen met een gevaarlijk dier.

'Ik was er klaar mee.' De toon van mevrouw Sharpe maakte duidelijk dat ze ook zo klaar zou kunnen zijn met Calder. Het was weer even stil. 'Er zit een lelijke vlek op, voor het geval je dat nog niet hebt gemerkt. Alle boeken van Fort zijn heel mooi herdrukt in één band, dus die heb ik nu.'

Calder was zo verstandig niets te zeggen.

Petra roerde nog wat suiker door haar thee. 'U moet wel veel van Vermeer houden. Wat erg, hè, van die diefstal?'

Het gezicht van mevrouw Sharpe was net een masker. 'Charles Fort zou blij zijn geweest.'

Petra keek geschokt. 'Waarom?'

Calder dacht dat hij het begreep. 'U bedoelt blij om al die vragen, toch?'

Mevrouw Sharpe maakte een geluid dat leek op gegrom. Calder, die zich ervan bewust was dat hij weer te veel had gezegd, keek naar de tafel. Hij ging te snel – wat was er mis met hem?

Petra probeerde het recht te zetten. 'Blij omdat de mensen zelf moeten nadenken?'

Calder haalde een pentomino uit zijn zak en begon er zenuwachtig mee tegen zijn knie te tikken. Een minuut lang was het helemaal stil.

'Ik denk dat de dief erg intelligent is,' zei mevrouw Sharpe.

Calder en Petra keken allebei naar haar.

Calder kon zich niet inhouden. 'Natuurlijk is hij slim, nou en? Is daardoor de diefstal oké?'

Er viel weer een lange stilte en Calder voelde de ogen van mevrouw Sharpe zijn hoofd doorboren.

'Ik denk, net als Charles Fort, dat mensen niet zorgvuldig genoeg om zich heen kijken.' Mevrouw Sharpe stond op om aan te geven dat hun bezoek voorbij was.

Terwijl ze de oude vrouw zwijgend door het huis volgden, probeerden Petra en Calder zo veel mogelijk in zich op te nemen van wat ze om zich heen zagen. Een tinnen kruik... verschillende tapijten... bekers van groen, gebobbeld glas.

'We moeten snel weer praten. Ik zal een boodschap achterlaten bij meneer Watch.' De deur was al dicht voordat Calder en Petra antwoord konden geven.

Ze stonden buiten in de schemering en keken elkaar aan. Calder hield nog steeds de pentomino vast, hij zag nu dat het een W was.

'Voor iemand die duidelijk van Vermeer houdt, was ze niet erg van streek,' zei Petra.

Calder fronste. 'Weet je wat mijn pentomino net zei? *Wijsgemaakt.* Als ze niet zo oud was, zou het me niets verbazen als ze iets met de verdwijning van het schilderij te maken had.'

'Waarom zou ze het willen stelen?' vroeg Petra. 'En dan nog, kun jij je voorstellen dat ze een stelletje misdadigers zou inhuren om het vuile werk te doen? Maar wat ze zei over dat mensen niet zien wat vlak voor hun neus staat – dat leek wel een hint.'

Ze liepen zwijgend een stukje verder.

Calder krabde zijn kin met de W-pentomino. 'Denk je dat het mevrouw Sharpe is die ons iets heeft wijsgemaakt?'

✖✖✖Calder kreeg die avond weer een brief van Tommy. Er was nog iets misgegaan, iets anders dan de verdwijning van Kikker:

L:1 F:1 Z:1 N:1 P:1 T:2, -
N:1 L:2 L:2 T:2 - T:1 T:2 P:1 N:1 -
I:1 P:1 V:2 T:2 F:1 N:2 V:2 - I:1 F:3 -

I:3 L:2 P:1 Y:1 P:1 I:2 - I:2 F:1 F:1 T:2 -
U:2 N:2 L:2 L:2 T:2 - Y:1 W:1 Y:1 Y:1 P:1 T:2. -
Y:2 F:1 U:2 - I:1 L:2 L:2 U:2. -
N:2 F:1 Y:1 V:2 P:1 - F:2 F:3 I:2 -
T:1 W:1 P:1 V:2 U:2 - F:1 T:1. - F:2 F:1 F:2 -
P:1 I:2 - T:1 T:2 P:1 N:1 - T:2 W:2 I:3 W:1 P:1. -
V:2 L:2 F:2 F:2 F:3

Calder voelde zich een beetje verantwoordelijk – het was zijn idee geweest om Tommy wat speurwerk te laten verrichten, en nu was zijn maatje daardoor in de problemen geraakt.

Opeens voelde Calder zich schuldig dat hij en Petra samen geheimen hadden, terwijl Tommy er alleen voor stond. Hij had Tommy altijd alles verteld. Hij wilde Tommy helemaal niet buitensluiten. Er gebeurde alleen zo veel zonder hem.

Hij besloot zijn oude vriend op te bellen. Aan de telefoon hadden ze niet zo veel privacy als in hun brieven, maar ze konden tenminste wat grappen maken.

Calder kreeg een bandje te horen waarop gezegd werd dat het nummer van Tommy was afgesloten. Er liep een rilling van angst over zijn rug.

Hij belde Petra en vertelde haar het nieuws. 'Ik moet steeds aan Fort's verhalen denken over mensen die zomaar in het niets verdwenen, soms vanuit hetzelfde gebied. Dit zal toch niet zoiets zijn, hè?'

Petra's stem klonk gedempt. 'Nee, maar raad eens? Mijn vader is net vertrokken voor een zakenreis en hij wilde mijn moeder niet vertellen waar hij heen ging. Hij was niet kwaad of zo, maar hij zei dat hij het haar nu niet kon vertellen. Hij is helemaal zichzelf niet de laatste tijd. Het is of hij ook een beetje is verdwenen.'

Ze waren even stil. Calder was de eerste die iets zei. 'Heb je de Vermeer-aantekeningen nog?'

'Natuurlijk.'

'Kun je er iets bijzetten over het theedrinken bij mevrouw Sharpe? En misschien zelfs over Tommy's brief en de afgesloten telefoon, en de geheimzinnige reis van je vader? Soms maakt het opschrijven van dingen alles veel duidelijker.'

'Goed idee. Kom je hierheen?'

Voordat Calder er was, keek Petra naar wat ze het laatst hadden opgeschreven. Er stond: Onbekend: komen voorwerpen en mensen steeds weer voor omdat V. thuis schilderde? Toen wist ze het weer. Ze hadden zich afgevraagd of de vrouwen die Vermeer steeds had geschilderd zijn gezinsleden waren, omringd door de dagelijkse dingen uit hun leven.

Afwezig onderstreepte Petra 'voorwerpen en mensen steeds weer'. Mensen steeds weer. Wie was de vrouw in *Schrijvende vrouw in het geel*? Opeens vond ze het allemaal heel droevig, niet alleen de diefstal maar ook de gedachte dat de vrouw geen naam had. Onbekend. Ze werd ergens in het donker verborgen gehouden, in gevaar en alleen. Petra sloot haar ogen. Toen de eerste traan langs haar wang rolde, kon ze opeens de vrouw naar haar zien kijken, haar oorbellen glinsterend in dat heldere licht. *Maak je geen zorgen*, leek ze te zeggen. *Ik denk aan je, en ik ben vlak bij je.*

Petra deed haar ogen open en ging rechtop zitten. Ze snoot haar neus. *Maar waar ben je dan?* vroeg ze in stilte en ze voelde zich opgewonden en een beetje raar. Ze stelde zich een veilige plaats voor waar je een klein schilderij zou kunnen verstoppen en dacht aan lades, bergkasten, servieskasten, linnenkasten, dekenkisten... Alles wat ze zich voorstelde was van hout. En toen voelde Petra een vreemde zekerheid: het was donker hout waar ze naar zochten.

Tegen de tijd dat Calder opdook, zat ze als een gek in het Vermeer-schrift te schrijven.

'Calder! Ik denk dat ik een aanwijzing heb gevonden!'

Ze legde uit dat de Vrouw haar als het ware had geholpen eraan te denken. Ze hoopte maar dat Calder dat zou begrijpen.

Calder haalde zijn schouders op. 'Het is een logisch idee, toch? Donker hout staat gelijk aan mooie plaatsen. De dief is een hoogopgeleid persoon, misschien wel met een hoop geld – hij of zij kan makkelijk in een herenhuis wonen met oude, antieke kasten of zoiets. Goed denkwerk.'

Petra schreef: zoek naar houten bergplaatsen in Chicago.

Natuurlijk was er het huis van mevrouw Sharpe, maar ze herinnerden zich geen van beiden iets in de woonkamer of keuken gezien te hebben dat aan die omschrijving voldeed.

'Misschien kunnen we meer van haar huis bekijken als we teruggaan. Ik zal zeggen dat ik naar de wc moet, en dan ren ik naar boven,' stelde Calder voor. 'Of misschien wil ze voor die tijd nog wel iets van Powell's hebben.'

Ze lachten nerveus toen ze zich voorstelden hoe kwaad mevrouw Sharpe zou zijn als ze hen op spioneren betrapte. 'We zijn dan de volgenden die verdwijnen, daar kun je op rekenen,' zei Calder.

Ze voelden zich beter nadat ze een blauwe M&M hadden gegeten en het Vermeer-schrift hadden dichtgedaan. Het was goed om een plan te hebben.

Hoofdstuk 13   X DE EXPERTS

✖✖✖De volgende morgen bracht een nieuwe verrassing. Deze kwam van juffrouw Hussey.

Ze vroeg haar leerlingen na te denken over wat ze zouden hebben gedaan als de dief hen een persoonlijke brief had geschreven voordat de diefstal plaatsvond, een brief die bij hen thuis werd bezorgd.

'U bedoelt zoals een van de drie brieven waar de dief het over had?' vroeg Calder.

'Niet speciaal. We verzinnen gewoon een situatie,' zei juffrouw Hussey met iets van haar oude *dit-is-ons-geheim-en-het-zou-gevaarlijk-kunnen-zijn*-toon.

Toen de kinderen de spannende ondertoon hoorden, werden ze stil.

Juffrouw Hussey legde verder uit dat deze brief anoniem om hun hulp vroeg. Bij voorbeeld: de dief had veel geld aangeboden, beloofd dat de zaak eervol was, en hen tenslotte bedreigd als ze de brief aan iemand anders lieten lezen.

Petra krabbelde snel een briefje naar Calder:

De brief die die dag in Harper Avenue wegwaaide – die klonk net zo! Behalve dat ik hem niet uitgelezen heb en ik me de bedreiging niet herinner.

Toen Calder Petra's briefje las, zei juffrouw Hussey net: 'Dit is een kwestie van inzicht. Het is, in jullie brief, niet duidelijk of de dief goed of slecht is. Ik ben benieuwd wat jullie zouden doen. En Calder, mag ik dat hebben? Je weet dat ik dat soort communicatie tijdens de les niet wil hebben.'

Calder wierp een o-nee-blik naar Petra, die onderuitzakte in haar stoel. Hij stapte voorzichtig over Denise's uitgestrekte been toen hij opstond om het briefje aan juffrouw Hussey te geven. Ze stopte het in haar zak.

Ook al wist ze dat juffrouw Hussey niet boos zou worden, toch had Petra een akelig gevoel. Hoe kon de brief die ze zich van juffrouw Hussey moesten voorstellen zo veel lijken op de brief over kunst en misdaad? Maar misschien was dit weer toeval, heel gewoon – er waren de laatste tijd zo veel toevalligheden. Of misschien had juffrouw Hussey de brief die in de rondte dwarrelde ook gevonden! Natuurlijk – dat luchtte haar op. Petra ging weer rechtop zitten.

Juffrouw Hussey schreef een paar van hun antwoorden op het bord:

- *Ga meteen naar de politie en vraag om bescherming*
- *Verberg de brief en probeer te ontdekken wie hem heeft geschreven*

- **Vervang de sloten op je deuren**
- **Doe wat er gevraagd wordt, beleef een avontuur en hoop dat wat je doet niet tegen de wet is**
- **Vertel het aan een vriend of vriendin en laat hem of haar beloven het aan niemand te vertellen en bespreek dan wat je moet doen**

Juffrouw Hussey luisterde aandachtig naar wat de kinderen zeiden, zoals ze altijd deed. Bij het laatste idee vulden haar ogen zich plotseling met tranen. En ineens waren ze weer verdwenen en mompelde ze iets over een stofje in haar oog.

Buiten op de gang zei Calder geschrokken tegen Petra: 'Denk je dat juffrouw Hussey een van de drie brieven heeft gekregen, hem verloren heeft of zo en dat jij hem toen vond? Misschien zoekt ze wel hulp door ons te vragen wat wij ervan vinden.'

'Maar waarom zou de dief háár om hulp vragen? Ik bedoel, ze is maar een gewone lerares.' Petra's stem klonk onzeker.

'Goede mensen komen soms terecht in verkeerde situaties.' Calder dacht nu aan Tommy, aan Kikker, aan Petra's vader, aan Vermeer zelf.

Zou juffrouw Hussey aan die lijst moeten worden toegevoegd?

✖✖✖Alsof hij of zij speelde met de angst van Petra en Calder, liet de dief de volgende ochtend weer iets van zich horen. Een paginagrote advertentie verscheen in kranten overal ter wereld.

Na de eerste brief van de dief was de opwinding over *Schrijvende vrouw in het geel* geweldig. De pakkende zin 'u zult het met me eens zijn', de boodschap die in de kist gevonden werd nadat het schilderij was gestolen, was overal opgepikt. Het verscheen als graffiti op metro's, op muren en op de zijkanten van gebouwen in New York City, in Chicago, in Tokio, in Amsterdam. Het stond op goedkope T-shirts in het Engels, Nederlands, Frans, Spaans en zelfs in het Japans. Voor de verschillende musea werden demonstraties georganiseerd en er verschenen foto's van demonstranten die marcheerden en schreeuwden. Op het journaal zag je mensen met borden waarop stond: VERTEL DE WAARHEID! ZORG DAT ZE TERUGKOMT! Of: X DE EXPERTS! Of: ¡VIVA VERMEER! ¡SOLAMENTE LA VERDAD! Er waren dagen bij dat de mensen van de musea, beschermd door politieagenten, zich door een lawaaierige menigte moesten worstelen om op hun werk te kunnen komen.

Toen die eerste golf van hartstocht begon af te nemen, verscheen de eerste paginagrote advertentie.

Er stond simpelweg: JULLIE DOEN HET GOED.

Natuurlijk kwam het antwoord van het publiek direct. Er was meer post, er kwam meer publiciteit.

De keer daarop dat de interesse van het publiek leek af te zakken, verscheen er weer een bericht: HEB GEDULD. GEEF NIET OP. Dat werd ook weer gevolgd door een stroom brieven.

In de advertentie die Petra en Calder die ochtend voor schooltijd in de *Chicago Tribune* lazen stond: U BENT HET MET MIJ EENS. ZIJ ZULLEN HET MET U EENS ZIJN.

In kleine letters onder de advertentie verklaarden krantenredacteuren dat ze, onder druk van de FBI, de politie en een commissie van museumdirecteuren, deze geheimzinnige advertenties niet meer zouden publiceren. Dit was de laatste.

De eerste advertentie was gepost in New York, een week na de diefstal, de tweede in Florence een week later, en de derde in Amsterdam. De dief leek wel te willen opscheppen, een lange neus te maken tegen de autoriteiten.

Juffrouw Hussey zei die ochtend niets tegen Petra over het briefje dat ze de vorige dag had afgepakt. Misschien had ze het niet eens gelezen, dacht Petra opgelucht. De les begon met een discussie over de laatste advertentie van de dief.

Juffrouw Hussey vroeg: 'Waarom neemt men aan dat

de dief maar één persoon is? Ik bedoel, zou het geen groep kunnen zijn?' Afwezig draaide ze haar paardenstaart om haar duim.

Calder stak een hand op. 'Denkt de politie niet dat er drie andere mensen helpen?'

'Ik weet het niet,' zei juffrouw Hussey. 'Doen ze dat dan? Ik denk dat het afhangt van wat je onder helpen verstaat. En of die drie brieven echt bestaan.'

Ze zag er zo oprecht bezorgd uit dat Calder en Petra zich begonnen af te vragen of ze de vorige dag niet te snel een dwaze conclusie hadden getrokken.

Eén ding was zeker voor de leerlingen in groep acht: ondanks hun discussie met juffrouw Hussey eerder dat schooljaar, was de brief als vorm van communicatie nog springlevend.

Hoofdstuk 14 ZWAAILICHTEN

✖✖✖Calder kwam die middag bij Powell's aan op het moment dat meneer Watch een grote, papieren zak dichtvouwde. Hij knikte tegen Calder en begon met een onuitwisbare stift **S-H-A-R** op de buitenkant te schrijven.

Voordat Calder iets kon zeggen, wees meneer Watch naar een enorme stapel prentenboeken. 'Moeten in de kasten gezet.' Hij ging weer verder met de zak en schreef **P-E**.

'Maar ik wil dat wel bezorgen,' flapte Calder eruit. 'Ik bedoel, ze is aardig,' voegde hij er zwakjes aan toe. *Aardig?* dacht hij bij zichzelf. Ik dacht het niet.

Meneer Watch stond op en trok zijn bretels recht. 'Ik breng ze zelf wel als ik naar huis ga.'

Calder keek zuchtend naar de prentenboeken. Toen meneer Watch naar de wc ging, rende hij naar de zak en gluurde erin.

Het leken niet het soort boeken waar de meeste mensen van hielden. Er waren er een paar over de geschiedenis van de wiskunde, een boek met de titel *Over het grote aantal werelden*, en een ander getiteld *De wortels van het toeval*. Calder hoorde het toilet doorspoelen en deed de zak haastig weer dicht.

Grappig dat mevrouw Sharpe ook nadacht over toevalligheden.

Hij werkte extra snel aan de prentenboeken en ging terug naar de kassa. Meneer Watch keek verrast op en glimlachte naar hem. De glimlach liet een rij kleine, puntige tanden zien, geen wonder dat hij meestal zijn mond dichthield.

'Zal ik nu die bestelling wegbrengen?' vroeg Calder.

Meneer Watch haalde zijn schouders op. 'Prima,' zei hij. Toen stak hij zijn hand in zijn zak alsof hij naar iets zocht. 'Wacht. Nee, laat maar.'

Op Harper Avenue haastte Calder zich zuidwaarts. Zou hij even bij Petra langsgaan om te zeggen waar hij naar toe ging, voor het geval er iets gebeurde? Nee, dat was belachelijk.

Toen de deur openging, zag Calder verbaasd dat mevrouw Sharpe er bijna vriendelijk uitzag. De rimpels in haar gezicht vormden iets wat op een glimlach leek.

'Kom binnen dan pak ik even een cheque voor je, jongen.'

Calder werd weer even alleen gelaten, zodat hij kon rondkijken. Deze vrouw had veel geld, dat was duidelijk. Wat zou ze de hele dag doen? Calder zag een flinke stapel papier bij haar computer liggen. De stapel was te groot voor haar bureau en lag op een aparte tafel. Misschien was ze schrijfster. Schrijfster en dief?

Toen mevrouw Sharpe terugkwam, stond Calder onrustig te schuifelen. Hij hoopte maar dat ze de hint zou begrijpen. Ze keek naar zijn voeten alsof er iets mee aan de hand was. Calder waagde het erop. 'Mevrouw Sharpe, zou ik uw wc mogen gebruiken? Ik voel me niet zo lekker.'

Mevrouw Sharpe zwaaide met een benige hand achter haar. 'De trap op links.' Toen zond ze Calder een havikachtige blik alsof ze wilde zeggen: *Ik ben wel oud, maar niet seniel.*

Calder, die nu al zweette, haastte zich de trap op. De treden kraakten vreselijk onder zijn laarzen. Bovenaan wachtte hij even en probeerde zo veel mogelijk in zich op te nemen. En ja hoor, rechts van hem zag hij een grote, staande klerenkast. Het was een perfecte verstopplaats en hij zag er bijna hetzelfde uit als de kast die achter de geograaf in Vermeer's schilderij stond.

Mevrouw Sharpe's stem klonk van beneden. 'De schakelaar zit hoog, aan de binnenkant.'

'Gevonden,' riep Calder terug, terwijl hij over de muur tastte in de eerste de beste kamer die hij tegenkwam. Het licht ging aan in een enorme slaapkamer. Er stond nog een klerenkast met panelen met houtsnijwerk, deze bedekte het grootste deel van de achterste muur.

'Oeps,' riep Calder naar beneden en hij probeerde te klinken alsof hij per ongeluk verkeerd zat. Toen was hij weer terug in de gang en deed het licht in de slaapkamer uit. Aha – de wc. Calder deed de deur dicht, trok haastig door en haalde een paar keer diep adem.

Op weg naar beneden zag hij achter een oude bank op de overloop een ingebouwde kast met zware deuren. Dit huis bestond alleen maar uit houten bergplaatsen.

'Dank u, mevrouw Sharpe,' zei Calder en hij vond dat hij niet moest overdrijven in het doen of hij zich niet lekker voelde. 'Tot ziens, binnenkort kom ik weer met Petra.'

De voordeur was al dicht voor hij goed en wel buiten stond. De oude vrouw hield blijkbaar niet zo van gedag zeggen.

Calder ging meteen langs Petra en vroeg of ze met hem mee naar huis ging. Daar was het rustiger en ze moesten zijn ontdekkingen opschrijven. Petra droeg het Vermeer-schrift.

Onderweg vertelde ze blij: 'Mijn vader is net thuisgekomen. Hij moest een soort onderzoek doen voor zijn werk. Vreemd dat het zo geheim moest blijven, hè?'

'Niet zo vreemd,' mompelde Calder. 'Geheimen zijn bijna normaal tegenwoordig.'

Samen zaten ze op de grond in Calder's kamer. Eerst

schreef Petra de titels van de boeken uit mevrouw Sharpe's zak op die Calder zich nog kon herinneren. Toen schetste Calder de kasten. Ze aten ieder een paar blauwe M&M voordat er op de deur werd geklopt.

'Calder, er is een brief voor je.' Zijn vader glimlachte vluchtig. 'Ik denk dat het er weer een van Tommy is.'

Calder scheurde hem open en begon hem te ontcijferen, terwijl Petra gefascineerd toekeek. 'Hoe heb je dat geleerd?' vroeg ze.

'Heb ik zelf verzonnen,' zei hij, blij dat ze het gezien had. Toen begreep hij wat hij las. Er stond:

L:1 F:1 Z:1 N:1 P:1 T:2, - T:1 T:2 P:1 N:1 -

X:2 P:1 T:2 V:2 T:2 L:2 Y:1 Y:1 P:1 I:2. -

Y:2 P:1 - Y:2 W:1 Z:1 Z:1 P:1 I:2 -

V:2 P:1 T:2 W:2 U:1 Y:1 L:2 F:2 P:1 I:2. -

F:2 F:1 F:1 T:2 - U:1 P:1 P:1 I:2 - U:1 P:1 Z:1 N:1. -

V:2 L:2 F:2 F:2 F:3

'Wauw! Petra! We moeten nog iets doen – we moeten Tommy redden.'

✖✖✖Calder en Petra waren het grootste deel van het weekend bezig brownies te bakken en die op Harper Avenue te verkopen. Ze legden de buurtbewoners uit dat ze geld wilden ophalen voor Tommy

Segovia en zijn moeder, Zelda, om weer terug te kunnen komen, omdat Tommy's nieuwe stiefvader hen in New York in de steek had gelaten. 'De ene dag was ie er nog, de volgende was hij weg,' was Calder's manier om het uit te leggen. Iedereen leefde mee, en iedereen kocht er een paar.

Aan het eind van de zondagmiddag, toen de flinke som van 129 dollar in een paar koffieblikken werd gestopt om naar de bank te brengen, was er nieuws over de diefstal.

Het was plaatselijk nieuws.

Volgens het avondnieuws had een oudere vrouw uit Chicago de autoriteiten ervan op de hoogte gebracht dat ze een vreemde postbestelling had gekregen. Die postbestelling was een brief die ze in oktober had ontvangen, en die vrouw was Louise Coffin Sharpe. Ze vroeg om politiebescherming.

'Wát?' gilden Petra en Calder tegelijk. Ze lieten de pot met munten, die ze hadden zitten tellen, vallen en renden de hoek om naar de kamer waar Calder's ouders tv zaten te kijken.

De nieuwslezer las de brief hardop voor. Petra en Calder staarden elkaar aan. Hij klonk net als de brief die juffrouw Hussey aan haar klas had beschreven. De nieuwslezer legde uit dat 'Voor een oudere vrouw die alleen woonde het een heel moedige daad was' om de brief uiteindelijk naar de politie te brengen. De nieuwslezer had mevrouw Sharpe zeker nooit ontmoet...

'O, hemel, die brief is hier vlakbij bezorgd.' Calder's moeder sloeg haar hand tegen haar voorhoofd. 'En Calder, je bent daar pas nog geweest!'

'Mevrouw Sharpe is er dus wel bij betrokken,' zei Calder zachtjes tegen Petra. 'Denk je dat ze al die tijd heeft gewacht totdat de dief nog een keer contact met haar zou opnemen?'

'Wie weet? En denk eens aan de brief van juffrouw Hussey, dat kan geen toeval meer zijn,' zei Petra. 'Hij lijkt er te veel op.'

'Herinner je je nog dat de man van Louise Sharpe een Vermeer-geleerde was?' zei Calder's vader tegen zijn moeder.

'Wát?' vroegen Calder en Petra tegelijk.

Calder's vader zei dat hij had gehoord dat de man van mevrouw Sharpe tientallen jaren geleden in Europa was vermoord, en dat hij onderzoek deed naar Vermeer toen hij stierf.

Calder en Petra staarden elkaar aan.

'Hoe is hij vermoord, pap?' vroeg Calder.

'Ik weet het niet meer, maar ik geloof dat het werd beschouwd als een gewone straatmisdaad, een afschuwelijk geval van op het verkeerde moment op de verkeerde plek zijn. Er is nooit iemand gearresteerd.'

'Arme mevrouw Sharpe,' zei Petra. 'Nou, dat kan haar vreemde gedrag verklaren.'

'En misschien nog wel meer,' voegde Calder eraan toe.

✖✖✖In Hyde Park rinkelden die avond aan een stuk door de telefoons. Nadat Petra naar huis was gegaan, keek Calder naar de blauwe zwaailichten van de politieauto's die voor het huis van mevrouw Sharpe stonden. Ze zou veilig zijn, daar was geen twijfel aan. Er kroop een zeurende twijfel door Calder's gedachten: *Zou mevrouw Sharpe zo slim zijn dat ze iedereen om de tuin leidde?* Het zou hem niks verbazen. Zelfs al was haar man vermoord, hij kon zich niet voorstellen dat ze zo veel jaren later bang zou zijn. En juffrouw Hussey... Wat was er met haar aan de hand? De stukken pasten gewoon niet in elkaar.

Petra volgde, twee huizen verderop, de zwaaiende lichten op haar plafond, haar gedachten gingen mee in het ritme van de lichten.

Hoe zat het met de brief die ze in Harper Avenue had gevonden – was dat er één van de originele drie geweest? Was mevrouw Sharpe echt een slachtoffer? En juffrouw Hussey ook?

Petra's gedachten zwierden rond in cirkels, maar ze kon er geen wijs uit worden.

Hoofdstuk 15 MOORD EN WARME CHOCOLADEMELK

✖✖✖De volgende dag gonsde de Universiteits-school van opwinding. Juffrouw Hussey was er niet en het gerucht was naar de kranten uitgelekt dat ze de avond ervoor was gearresteerd als verdachte in de Vermeer-zaak. Haar leerlingen waren buiten zichzelf – het kostte de vervanger de halve morgen om het geschreeuw en de beschuldigingen te stoppen.

'Een verdachte! Ze zou nooit een misdadiger hel-pen!'

'Hoe weet jij dat nou? Misschien werd ze wel gedwongen. Weet je nog dat haar arm in een mitella zat?'

'Ze zou de politie meteen hebben gebeld, ik ken haar toch.'

'We kennen haar allemaal, suffie. Maar we weten niet wat er aan de hand is.'

'Iemand in deze klas moet gisteravond de politie hebben gebeld.'

'Écht niet!'

'Die klikspaan gaat eraan!'

'Ja! Die zien we nooit meer terug!'

Zelfs toen de leerlingen eindelijk rustig werden, keken ze met donkere blikken wantrouwig naar elkaar. Er was overduidelijk een verrader in hun midden. De vervanger deelde kruiswoordraadsels uit om hen rustig te houden.

In de middagpauze zaten Calder en Petra zoals gewoonlijk bij elkaar.

'Ik vrees dat de brief die ik in jouw tuin heb gevonden, de brief was die juffrouw Hussey van de dief kreeg. Als dat zo is, heeft ze geen enkel bewijs dat ze een van de drie was. En wie zou mij geloven als ik zei dat ik hem had gevonden en weer ben verloren?' Petra duwde haar tosti heen en weer over haar bord.

Voordat Calder kon antwoorden, boog Denise zich naar haar toe. 'Is er iets waar wij niets vanaf weten, Petra? Iets wat je aan de politie zou willen vertellen? Geen geheimen meer, hè. En rondhangen in Calder's tuin... foei.'

Petra schoof boos opzij en toen ze haar blad oppakte, duwde ze per ongeluk tegen Denise's elleboog. Denise verloor de controle over haar butterscotchpuddinkje en het gleed langs haar been naar beneden. Haar voet schoot uit, ze verloor haar evenwicht en botste tegen de vervanger aan die vlakbij zat. Petra glimlachte. Aan andere tafels werd ook gegiecheld en Denise vertelde de vervanger dat Petra haar had geduwd.

Calder en een paar andere kinderen keerden zich tegen Denise en al gauw was iedereen aan het schreeuwen. Denise werd paars en gilde: 'Ik haat jullie allemaal!'

De klas moest tijdens de volgende pauze binnenblijven als straf voor hun slechte gedrag.

Het was een afschuwelijke dag.

✖✖✖Hyde Park bleef de kranten halen. De *Chicago Tribune* had de foto's van mevrouw Sharpe en juffrouw Hussey de volgende dag op de voorpagina staan, met het goede nieuws dat juffrouw Hussey dezelfde brief had ontvangen als mevrouw Sharpe. Juffrouw Hussey werd vrijgelaten. Ze verklaarde dat ze doodsbang was geweest, net als mevrouw Sharpe, om iets aan de brief te doen. Beide vrouwen kregen dag en nacht politiebescherming.

Er waren veel vragen. Waarom zou een professionele dief een oude vrouw en een jonge onderwijzeres vragen hem of haar te helpen? Waarom hadden ze geen nieuwe brief gekregen na die eerste? En wie had de derde gekregen?

Toen ontdekte een verslaggever iets wat Petra en Calder al wisten: Louise Sharpe was de weduwe van Leland Sharpe, een Vermeer-expert die eenendertig jaar geleden in Amsterdam was overleden. Hij had zijn vrouw geschreven dat hij een ontdekking had gedaan die een doorbraak betekende in zijn onderzoek naar Vermeer's werk, maar het zwijgen werd hem opgelegd voor hij kon vertellen wat dat was.

De mogelijkheid dat zijn dood in verband stond met een ontdekking over Vermeer veranderde alles: Mevrouw Sharpe zou écht bang kunnen zijn. Petra en Calder gaven aan elkaar toe dat ze misschien wel onschuldig was. Of in elk geval gedeeltelijk onschuldig – de dingen waren nooit zo simpel als het over mevrouw Sharpe ging.

✖✖✖'Juffrouw Hussey!'

Toen ze de volgende dag weer op school kwam, verdrongen haar leerlingen zich om haar heen, omhelsden haar en gingen op haar gympen staan.

'Hoe was het in de gevangenis?'

'Was u echt bang?'

'Waarom hebt u ons niet verteld dat het uw eigen brief was?'

'We maakten ons zo'n zorgen om u!'

Ze werd overstelpt met vragen, maar ze wilde niet over de arrestatie of de brief praten. Ze leek blij terug te zijn, maar ze was zenuwachtig. Elke keer dat iemand een boek liet vallen of tegen een tafel stootte, schrok ze op. Ze keek een paar keer naar de gang, alsof ze bang was dat de politieagent die dienst had weg was gegaan.

Ze haalde alle Vermeer-posters en alle krantenknipsels weg. Het lokaal zag er kaal en somber uit. Ze vroeg de klas wat ze wilden bestuderen, maar toen ze wat voorstelden, leek ze niet te luisteren. Petra dacht erover Charles Fort's onderzoek te noemen, maar het leek haar niet het goede moment.

De dag nadat juffrouw Hussey was teruggekomen, verliet Petra de natuurkundeles om thuis een boek te gaan halen dat ze had vergeten. Juffrouw Hussey stond alleen, met haar rug naar de deur, met een mobiele telefoon te bellen.

Petra deed twee stappen en verstijfde. Ze hoorde 'fout... maar waarom... het is echt hier... maar dat kan ik niet doen!' En toen begon haar lerares te huilen. Petra wilde niet dat ze merkte dat ze het had gehoord en sloop zachtjes weg. Ze was opeens woest. Juffrouw Hussey was een geweldige juf. Wie of wat maakte haar zo verdrietig? En werden mevrouw Sharpe en juffrouw Hussey wel zo goed beschermd?

Petra dacht van niet. Er was iets flink mis met juffrouw Hussey.

✖✖✖'Kom op, Calder,' zei Petra toen de school uit was. 'We gaan ergens naar toe waar we anders nooit heen gaan, ergens op de campus. Wat denk je van Fargo Hall? Ik heb geld voor warme chocolademelk.'

Petra had haar muts bijna tot op haar wenkbrauwen getrokken en haar haar kwam er aan alle kanten onderuit, als een soort stralenkrans. Ze liep een paar

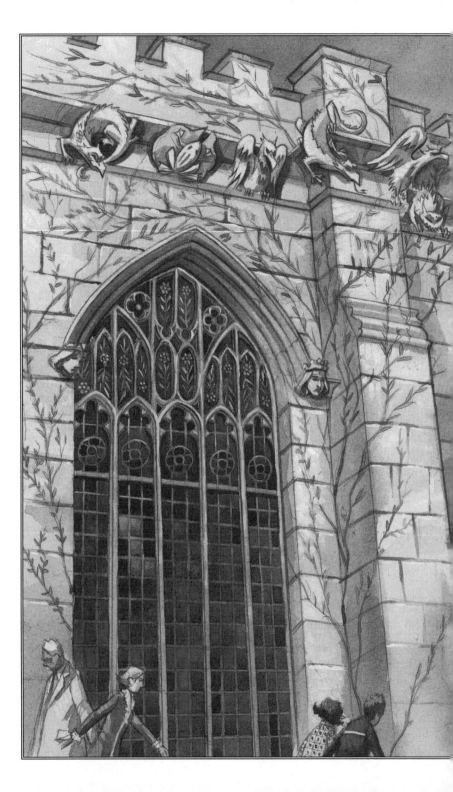

stappen voor Calder uit. 'Weet je nog dat mevrouw Sharpe zei dat mensen niet goed kijken naar wat er om hen heen is?'

'Ja, natuurlijk,' zei Calder.

'Ik denk dat we voorzichtig moeten zijn, dat is alles.'

'Wat is er aan de hand? Is er iets gebeurd?' Calder keek haar nieuwsgierig aan.

'Ik zal het vertellen als we er zijn.'

Ze sukkelden zwijgend voort door het schemerige middaglicht, twee blokken naar het noorden op Universiteitsstraat. Fargo Hall, bijna een eeuw oud, had stenen waterspuwers en gebeeldhouwde menselijke hoofden op elk torentje en elke richel. Een wirwar van bladerloze klimop had zich vastgehecht aan de kalkstenen muren.

Toen ze de zware deuren op de Zevenenvijftigste Straat openduwden, kwam hen een geruststellende vlaag warmte en studentengeroezemoes tegemoet. Petra kocht twee bekers warme chocolademelk met slagroom en ze liepen door de openslaande deuren naar een soort reusachtige woonkamer. Er brandde een vuur in de open haard en overal zaten studenten in leunstoelen te kletsen of te lezen.

Ze gingen ieder in een grote, leren stoel in een hoek zitten.

'Dit heb ik zitten bedenken,' begon Petra. 'Jij en ik

weten een paar dingen die andere mensen niet weten. Dan heb je nog al die toevalligheden die ons verder hebben geleid, de mogelijke bergplaatsen in het huis van mevrouw Sharpe, en mijn gevoel dat het schilderij achter donker hout verstopt zou kunnen zijn.'

'Klopt.' Calder knikte naar de muren. 'Het is overal.'

'Ik denk dat we in de hoogste versnelling moeten en actief op jacht moeten gaan.' Petra vertelde Calder dat ze het gesprek van Juffrouw Hussey had gehoord. 'Ik heb het gevoel dat ze echt in gevaar zou kunnen zijn. Misschien hebben we niet veel tijd.'

Calder zette zijn beker neer en begon opgewonden in zijn pentomino's te rommelen.

'Sst,' zei Petra toen ze zag dat iemand naar hen zat te kijken, iemand in een donkere leunstoel aan de andere kant van de kamer.

Calder haalde een stuk uit zijn zak. 'Het is de U. De U van uitzoeken... Nee, dat is niet goed. Het is de U van uit. Uit... Het schilderij moet misschien ergens uit of onderuit gehaald worden.'

'Wat hebben we nog meer?' vroeg Petra.

'Nou, wat je vandaag hebt gehoord.'

"...het is echt hier..." herhaalde Petra juffrouw Hussey's woorden.

'Hier!' zei Calder. 'Stel je eens voor dat juffrouw Hussey, die avontuurlijk is en het goede met de kunst voorheeft, de dief heeft geholpen. Of wat vind je hiervan: stel je voor dat zij en mevrouw Sharpe samenwerken. Ze kennen elkaar. Stel je voor dat juffrouw Hussey het schilderij heeft verstopt en dat mevrouw Sharpe weet waar het is. Stel je voor dat ze een plek hebben gekozen die ze allebei kennen. Wat zou een logische plek zijn?'

'Misschien is het de U van Universiteitsschool! Wat een geniale plek om iets te verbergen, tussen honderden kinderen!'

Calder zat opgewonden met de U-pentomino in de leuning van zijn stoel te prikken. 'Geweldig. En stel je voor dat we het schilderij echt vinden, en niemand ooit hoeft weten dat juffrouw Hussey erbij betrokken was? Behalve jij en ik, en wij zullen het nooit zeggen. We zouden hen alledrie hebben gered: de Vrouw, juffrouw Hussey en mevrouw Sharpe.'

'En de derde persoon? De persoon die brief nummer drie heeft gekregen?' Petra keek naar de donkere leunstoel en zag dat hij leeg was.

'Dat is weer een heel ander probleem.' Calder stopte de U weer in zijn zak.

Ze probeerden allebei niet té opgewonden te raken. Charles Fort had, zoals Calder Petra op weg naar huis herinnerde, '294 regenbuien van levende dingen' verzameld zonder te weten waarom.

Hoofdstuk 16 EEN OCHTEND IN HET DONKER

✖✖✖De schoolgebouwen vormden een vierkant met in het midden een binnenplaats. Eerst was er Gracie Hall, nu de basisschool, die in 1903 was gebouwd om de vernieuwde school van John Dewey in te huisvesten. Aan de westkant van het vierkant was ongeveer dertig jaar later King Hall gebouwd voor de Universiteit van Chicago. Men wilde van daaruit in de gaten kunnen houden wat er in Dewey's inmiddels beroemde laboratorium gebeurde. Aan de oostkant stond een modern gebouw, uit 1990, voor de hoogste klassen van de basisschool en daaraan vast de middelbare school. Aan de noordzijde stond Poppy-field Hall, uit 1904, waar nu de kunst- en muzieklokalen waren.

De volgende morgen zaten Calder en Petra op een bank in de hal van Gracie Hall. Ze zaten tegenover een stenen open haard, op de schoorsteenmantel stond een buste van Francis Parker. Parker, een collega van John Dewey, had een honkbalpet op en een rode sjaal om zijn nek.

'Het schilderij is maar klein, weet je nog? Het doek is ongeveer 30 bij 45 centimeter.' Calder zat weer met zijn pentomino's te spelen.

'Denk eens na, honderden kinderen en volwassenen gaan de hele dag dit gebouw in en uit. En 's nachts zijn er schoonmakers. Wat is nou een plek waar niemand zou komen?'

Calder haalde een pentomino uit zijn zak en keek ernaar.

Ze staarden allebei naar de T op Calder's handpalm. 'De T van twaalf. Er zijn geen twaalf verdiepingen... Hmm. Ik snap het niet.' Calder haalde zijn schouders op.

Petra zat kaarsrecht, haar handen om haar knieën. 'We moeten proberen te denken zoals juffrouw Hussey. Zij zou wel een plek weten te bedenken zonder lekken of muizen of zo.'

Calder schraapte met de T heen en weer op de houten bank. 'Twaalf... Heeft juffrouw Hussey niet twaalf van iets?'

'Ze draagt al die oorbellen... Een sleutel, een parel, een hooggehakte schoen...'

Sleutel – parel – hak... hak – parel – sleutel... ronde parel – hoge hak – kleine sleutel... kleine sleutel – ronde parel – hoge hak... kleine hak – hoge parel – ronde hak...

'Hé! Dat klinkt als "onder dak", vind je niet?' lachte Petra. 'Nu ga ik ook al denken als een pentomino. Misschien betekent het dat ze in Gracie Hall is!'

Calder was zo enthousiast dat hij Petra een snelle knuffel gaf. 'Goed denkwerk,' zei hij.

Petra zette haar bril recht en probeerde niet al te vrolijk te kijken.

Calder en Petra besloten te doen alsof ze een plattegrond van de school moesten maken. Dat zou hen een excuus geven om in de middagpauze rond te kijken. Niemand, behalve hun klasgenoten, zou weten dat het geen echte opdracht was.

In de middagpauze bekeken ze, gewapend met meetlinten, pen en papier, de hele begane grond en ze zochten zelfs op onwaarschijnlijke plaatsen. Ze keken in bergkasten, achter dossierkasten, onder de bedden in het kantoor van de verpleegster, aan de binnenkant van oude handdoekautomaten in de wc, in de garderobe bij de vergaderkamer van de directie, en tussen de mutsen en wanten in de doos met gevonden voorwerpen.

Op de tweede dag gingen ze naar de eerste verdieping, al was het moeilijk om daar grondig te werk te gaan. In de meeste klaslokalen waren honderd jaar oude ingebouwde kasten, lades en boekenplanken, en het was lastig uit te leggen waarom ze daarin moesten kijken als ze de ruimte wilden opmeten. Petra werd door een hamster gebeten, en in het biologielokaal liet Calder per ongeluk een doos vol sissende kakkerlakken door een verwarmingsrooster ontsnappen. Petra liet een stuk kalksteen, dat door leerlingen onderzocht moest worden, op haar tenen vallen, en Calder maakte een lerares boos toen hij achter haar prikbord wilde kijken en er een aantal knipsels over de Grote Brand van Chicago af gooide.

Ze hadden Gracie Hall helemaal doorzocht behalve de kelder, die op slot zat.

Ze besloten mevrouw Trek, het hoofd van de basisschool, te vragen of ze hen erin wilde laten. Ze was altijd enthousiast over de projecten van de kinderen en ze zou hen wel helpen. Ze vertelden over de plattegrond en ze zei dat ze hen de volgende dag mee naar beneden wilde nemen.

'Dat is nu net niet de bedoeling.' Calder groef in zijn kluisje naar zijn wiskundeboek. Hij had niet gemerkt dat Petra al was doorgelopen.

Een stem achter hem zei: 'Tegen jezelf aan het praten? Waar is je vriendinnetje?' Het was Denise. Calder voelde zijn gezicht rood worden en sloeg zijn kluisje dicht. Iemand zou háár eens ergens moeten opbergen – voorgoed.

✖✖✖De volgende ochtend gingen ze, zoals afgesproken, naar mevrouw Trek. Calder en Petra keken toe hoe het hoofd met het slot worstelde en daarbij dachten ze terug aan het traditionele uitstapje van groep één naar de kelder.

Ze waren vergeten hoe geheimzinnig de kelder was: de muren waren van veldsteen en de grond liep op en neer – onder de begane grond waren rechte hoeken duidelijk niet meer nodig. Ze zagen stapels met opgerolde kleden, kapotte banken, een wirwar van buizen, zelfs een badkuip op pootjes. Oude, op elkaar gestapelde tafeltjes vormden spinachtige patronen. Mevrouw Trek had net de voorraadkamer van het slot gedaan, toen haar mobiele telefoon ging. Een ouder wilde haar op haar kamer spreken.

'O jee... Redden jullie het even zonder mij hierbeneden? Ik ben zo terug.'

Zodra ze weg was, deden Calder en Petra de deur van de voorraadkamer open. Dapper tastte Calder in de duisternis naar de lichtknop. Hij zat niet op de muur naast de deur. Hij deed een paar stappen naar binnen, liep tegen een koord aan dat van het plafond naar beneden hing en trok eraan. Planken vol tekenpapier en dozen met pennen en potloden sprongen te voorschijn. De leraren haalden hier alle spullen voor hun klas. Ze konden zich best voorstellen dat juffrouw Hussey dit als bergplaats had gekozen.

Er was geen tijd om te praten. Snel gingen ze met hun handen langs de planken, keken achter dozen, probeerden kisten op te tillen. Aan één kant van de ruimte stonden een paar oude schilderijlijsten. Daarachter, tegen de muur, stond een klein pakje netjes in bruin papier verpakt. Het was niet zo stoffig als de rest, en de maat was goed, geen twijfel mogelijk.

Toen hoorden ze voetstappen op de trap en mevrouw Trek die hen riep. Tegen de tijd dat het hoofd de voorraadkamer bereikte, trof ze er Petra alleen aan.

✖✖✖Petra zei tegen mevrouw Trek dat Calder naar de wc moest en al weg was gegaan. Toen ze naar de trap liepen, vroeg Petra of ze midden op de ochtend terug mochten komen.

'Ik ben bang dat ik morgen pas weer tijd heb.' Het schoolhoofd glimlachte vriendelijk en deed de zware metalen deur op slot. 'Kun je zolang wachten?'

'Natuurlijk,' zei Petra, haar gedachten tolden door haar hoofd. 'Geen probleem.'

Toen ze bij haar klaslokaal kwam, zei Petra tegen juffrouw Hussey dat Calder naar de tandarts was, daarna ging ze vlug op haar plaats zitten. Ze deed haar best, maar het was onmogelijk om haar aandacht bij de les te houden. Ze zei een paar keer dat ze naar de wc moest en ging elke keer naar beneden om op de kelderdeur te kloppen. Er kwam geen enkel geluid uit de

✖✖✖Calder bleef gehurkt zitten. Er leken wel uren voorbij te gaan. Dit was het donkerste donker waar hij ooit in had gezeten. Er zaten blijkbaar geen ramen in de kelder. Op een gegeven moment hoorde hij een soort getrippel. Hij wist dat er in Gracie Hall, net als in de meeste oude gebouwen in Hyde Park, muizen zaten. En dan had je nog die sissende kakkerlakken die door het verwarmingsrooster waren verdwenen. Hij stond op.

Hij hield het schilderij voorzichtig vast en deed twee stappen, toen nog twee. Als er nou eens een of ander monster in deze kelder woonde? Iemand die naar binnen was geglipt toen de portier niet keek?

Toonloos neuriënd begon hij op de tast de trap op te lopen. Toen hij boven kwam, probeerde hij de deur naar de begane grond open te doen. De knop draaide om, maar de deur was op slot. Hij kroop weer naar beneden en probeerde de muren niet aan te raken. Het was beter om uit het zicht te blijven. Misschien, als hij geluk had, kwam er iemand naar beneden om potloden te halen en kon hij ontsnappen.

Hij herinnerde zichzelf eraan dat hij waarschijnlijk een van de grootste kunstschatten ter wereld in zijn armen hield. Wat waren een paar uren van zijn leven nou vergeleken met alle avonturen die de Vrouw moest hebben meegemaakt in haar driehonderd-ennog-wat jaren? En bovendien, Petra en hij zouden nu beroemd worden. Ze zouden op tv geïnterviewd worden. Ze zouden in de *Chicago Tribune* staan...

Calder tastte in het rond en vond een stoel waar hij voorzichtig op ging zitten. Hij kon beter ophouden met dagdromen. Er moest nog heel wat gebeuren voordat het schilderij veilig zou zijn – áls dit het schilderij was. Om zichzelf bezig te houden, werkte hij in gedachten aan een paar puzzels.

Eerst maakte hij drie verschillende twaalfstukkers. Toen probeerde hij Tommy te schrijven, maar zonder code was dat heel lastig.

Al snel voelde Calder dat hij slaap kreeg. Het was zo stil, en zo donker.

✖✖✖ In de middagpauze haastte Petra zich naar het kantoor van de directrice.

'Mevrouw Trek is er niet, meisje. Ze is de rest van de dag weg.' De secretaresse keek geïrriteerd.

Petra voelde zich ineens heel vastberaden. 'De kelder... Mijn vriend Calder en ik moeten een opdracht afmaken, vandaag nog... Is er iemand die me erin zou kunnen laten?'

'Kinderen mogen daar niet alleen naar binnen, dat weet je best.'

'Maar mevrouw Trek zei dat ze het goed vond dat we

onze opdracht afmaakten,' loog Petra. 'Ze zei dat ze voor ons wel een uitzondering wilde maken. Alstublieft. Trouwens, we zitten al in groep acht.'

De secretaresse keek Petra aan en zuchtte. 'Oké. Maar ik moet even mijn lunch gaan halen.'

Toen ze weg was, keek Petra naar het bureau. Misschien zaten de sleutels in de la. Zou ze de sleutels zoeken en dan naar beneden rennen om Calder eruit te laten? Als de secretaresse mee zou gaan, zou ze ontdekken dat Calder de hele ochtend beneden had gezeten. Het was beter om gestraft te worden voor het pakken van de sleutels.

Ze stapte snel op het bureau af, trok de la open en vond – overduidelijk – de dikke bos met alle sleutels. Ze propte ze in haar zak en ging, zo snel ze kon, zonder te veel op te vallen, naar de kelder.

Ze wachtte buiten de kelderdeur tot er niemand in de buurt was en deed net alsof ze met de munttelefoon belde. Haar handen trilden en waren vochtig. Eerst één sleutel... nee. Dan een andere... ook niet. Er kwam iemand aan. Petra pakte de telefoon weer, haar hart bonsde. Ze wist zeker dat degene die langskwam het kon horen, maar hij stopte niet.

De derde sleutel paste. Ze trok de kelderdeur open, klikte het licht aan en glipte naar binnen.

✖✖✖'Calder! Cálder!' fluisterde ze aan de voet van de trap.

Er kwam geen antwoord. Het was te stil. Kon hij haar niet horen? Toen haar ogen aan het donker gewend waren, zag ze een figuurtje onderuitgezakt in een stoel. Het pakje hield hij nog steeds stevig vast. Haar eerste gedachte was dat hij van angst was gestorven.

Ze haastte zich naar hem toe en gaf hem een por.

Hij sprong op. 'Tjezus, Petra! Ik heb wel tien pond blauwe M&M's verdiend door hier zo lang te zitten.'

'Ik ben blij dat het goed met je gaat, maar schiet op, Calder! Ik moest de sleutels stelen. Schiet op!'

Een paar tellen later stonden ze boven aan de trap, gluurden om het hoekje van de deur en glipten de gang op. Ze deden de kelderdeur met een klik achter zich dicht. Petra griste een jasje uit de doos met gevonden voorwerpen en bedekte het pakje ermee, precies op het moment dat de secretaresse met haar lunch de hoek om kwam.

'Hallo, ik ben zo terug om jullie binnen te laten. Het duurt niet zo lang, toch?'

Zwijgend schudden ze hun hoofd.

Zodra ze naar het kantoor liep, keek Petra Calder in paniek aan. 'Wat nu? Wat doen we met haar sleutels?'

'In de deur laten zitten. Dan denkt ze dat mevrouw Trek ze daar heeft achtergelaten.'

✖✖✖Onderweg naar huis waren Petra en Calder te zenuwachtig om iets te zeggen. Ze vlogen Calder's trap op en renden meteen door naar zijn kamer.

Samen worstelden ze met de rits van Calder's rugzak. In de haast had hij op school de stof tussen de rits getrokken.

'Stom ding!' Calder greep de schaar van zijn bureau en knipte de rugzak open.

Ze trokken het plakband, dat rondom gewikkeld zat, van het bruine papier af. De hoeken van een donkere, houten lijst verschenen en toen een oude achterkant. Ze draaiden hem om. Iemand met een enthousiast, peervormig gezicht en een groen knotje zat aan een tafel te schrijven. Haar ene oor dat zichtbaar was, was versierd met iets wat leek op een hangende pingpongbal. Achter haar hing een oranje maan en stond een smeltend kasteel. Het schilderij zou geschilderd kunnen zijn door iemand die in groep vier zat, iemand die nu grootouder was.

Het was niet de schrijfster waar ze naar op zoek waren.

Hoofdstuk 17 WAT GEBEURT ER NU?

✖✖✖Calder bleef de volgende dag thuis omdat hij snipverkouden was, dus liep Petra alleen naar school.

Het was begin december en hoopjes ijs lagen tussen bergen bruine bladeren. Petra slofte voort, en dacht aan Charles Fort. Híj zou zich niet laten ontmoedigen. Hij zou zijn ogen wijd open hebben. Met dat in gedachten raapte ze een vodje ruitjespapier van de grond en las:

maïsolie
boter
theezakjes
uien
witte druiven
bacon

Ze stopte het in haar zak. Zat er poëzie in deze toevallige combinatie van woorden? Zou Fort een interessant patroon hebben gezien in boodschappenlijstjes, of een wereldgeheim?

Hé, dat zouden ze misschien een keer met juffrouw Hussey kunnen onderzoeken: toevallige combinaties van klanken en ideeën. Waarom leken sommige woorden sierlijker, eleganter dan andere? Waarom hadden

sommige woorden pindakaas-met-hagelslagklanken, en klonken andere als kaviaar? Wat maakte de woorden 'ui' of 'theezakje' zo alledaags? Waarom klonk een woord als 'ijs' of 'voortreffelijk' zo netjes?

Geïnspireerd door het idee ontdekte Petra nog een papiertje. Het zat vast in een doornheg bij het huis van mevrouw Sharpe en er zat een scheur in de onderkant. Het was in vieren gevouwen en zag er versleten uit.

Ze maakte het voorzichtig open en begon te lezen:

> Beste vriend,
> Ik wil je om hulp vragen bij het oplossen
> van een misdaad die al eeuwen oud is...

✖✖✖Petra rende meteen naar Calder's huis.

'Heeft iemand gezien dat je het oppakte?'

'Ik heb om me heen gekeken, er was alleen maar iemand die de straat overstak.'

Calder snoot zijn neus luidruchtig. 'Denk je dat het dezelfde brief is die je aan het lezen was en die toen wegwaaide?'

'Hoe zou dat nou kunnen? Misschien bestaat er nog een vierde brief.' Petra kreunde.

Calder pakte zijn pentomino's. 'Het is wel griezelig om te bedenken dat iemand die brief expres in de bosjes bij mevrouw Sharpe's huis heeft geprikt.'

'Vertellen we dit aan de politie? Dat zou het voor ons wel moeilijker maken om te blijven zoeken.'

'Goed denkwerk. Maar geen van ons moet hier in z'n eentje rondlopen. We zouden kunnen eindigen als Kikker.'

Ze vouwden de brief weer op, deden hem netjes in een boterhamzakje, en stopten hem in de doos van de Geograaf.

Ze aten allebei een blauwe M&M. En toen nog twee.

Calder hield de P-pentomino in zijn hand. 'De P van prooi,' zei hij en hij probeerde te grijnzen.

Petra keek geschokt. 'Prooi?' zei ze. 'Wij? Bedoel je dat er op ons wordt gejaagd?'

'Nee, het zal wel P van pion zijn,' zei Calder. 'We zijn pionnen in het spel.'

'Laten we dan maar hopen dat de pionnen niet in gevaar zijn,' zei Petra. Maar geen van beide voelde zich veilig.

✖✖✖De volgende dag was er weer nieuws. Er verscheen een boek in de winkels met de titel: *Het Vermeer-dilemma. Wat gebeurt er nu?* Het zou makkelijk een kunstboek van vijftig dollar kunnen zijn, maar het werd verkocht voor anderhalve dollar. Nog minder dan de prijs van een Big Mac. Een anonieme gift had het mogelijk gemaakt dat 'iedereen met belangstelling voor Vermeer en voor deze pijnlijke situatie' het boek zou kunnen kopen. Het was geschreven door een gerenommeerde kunsthistoricus en er stonden prachtige kleurenfoto's in van elk schilderij dat aan Vermeer werd toegeschreven.

Duizenden exemplaren gingen op de eerste dag over de toonbank in de Verenigde Staten, en landen overal ter wereld rapporteerden vergelijkbare verkoopcijfers.

Het boek ging over al het goeds dat uit die vreselijke misdaad was voortgekomen. Mensen keken naar en spraken over schilderijen zoals ze nooit eerder hadden gedaan. Ze vergeleken meubels, tegelwerk, de structuur van een glas-in-loodraam, de plooien in een satijnen rok. Ze vergeleken details, zoals de manier waarop het licht op een vingernagel viel of op een pols, hoe een geweven handvat van een mand eruitzag of een haarkrul. Ze onderzochten kunstwerken met een onverzettelijkheid en intensiteit die je normaal alleen zag bij kopers van een nieuwe auto of van elektronica. Groepen mensen die heftig voor een Vermeer stonden te wijzen en te discussiëren waren heel gewoon geworden. Musea waren drukker en levendiger dan ooit tevoren.

Het was voor het eerst dat veel 'ongetrainde' mensen het gevoel hadden dat ze iets waardevols over een kunstwerk konden zeggen, iets belangrijks. Het was voor het eerst dat veel mensen beseften hoe duister en veranderlijk de wateren van de geschiedenis kunnen zijn. Als een kunstenaar geen persoonlijke geschriften nalaat, als er honderden jaren voorbij gaan, hoe weet je dan zeker dat volgelingen of vervalsers zijn of haar naam niet gebruiken om rijk te worden? En, natuurlijk, het idee dat een eeuwenoude fout werd rechtgezet, dat experts in musea en universiteiten niet zo deskundig waren als ze zelf dachten, was onweerstaanbaar.

Ook kinderen dachten na over Vermeer. Ze vergeleken, schreven, bezochten musea met vrienden. Velen zeiden dat ze nooit hadden geweten hoe cool oude schilderijen konden zijn. Ze hadden ook nooit geweten dat kunst in musea geheimzinnig kon zijn, dat volwassenen ook niet altijd wisten wat het betekende of waar het vandaan kwam.

De schrijver zei dat deze opschudding waarschijnlijk ook goed was voor de kunsthistorici en museumcurators. Het dwong hen zich af te vragen of opvattingen die ze al tientallen jaren gewoon vonden, wel klopten, om kritisch te kijken naar wat hen was geleerd. Had de dief gelijk? Had het publiek gelijk? Waarom misten die zogenoemde 'vroege' en 'late' Vermeers die heldere, onvergetelijke penseelstreek?

Het boek eindigde met de ferme conclusie: wat de

dief had gedaan om de aandacht van de kunstwereld te krijgen was verkeerd, maar door hem was de relatie van het publiek tot Vermeer en andere grote meesters wel drastisch veranderd. Mensen overal ter wereld voelden zich nu op hun gemak bij grote kunst, iets wat ze nooit eerder hadden gehad. De diefstal was echt een geschenk.

Op de laatste bladzijde stond een boodschap aan de dief. Of de musea nu wel of niet de tekst bij de Vermeer-schilderijen zouden aanpassen, het publiek had verbazend goed werk verricht bij het opsporen van mogelijke fraude. Iedereen keek nu echt. Het was een kwestie van tijd, dacht de schrijver, voor musea zouden reageren op wat het publiek dacht. Intussen moest *Schrijvende vrouw in het geel* worden terugbezorgd. De dief kon zijn missie als succesvol beschouwen.

Hoofdstuk 18 EEN LELIJKE VAL

✖✖✖Petra en Calder hadden het over het boek toen ze de volgende morgen naar school liepen.

'Al die vragen die mensen over de hele wereld stellen,' zei Petra, nog steeds opgewonden over wat ze had gelezen. 'Dat zorgt ervoor dat de diefstal gedeeltelijk oké lijkt.'

'Ja, maar wat als de dief niet zo eerlijk blijkt te zijn als hij klinkt, wat als hij echt gek is?'

'Daar had iemand het vanmorgen op de radio over.' Petra keek opzij naar Calder. 'Maar denk je niet dat ik het wel een beetje zou weten als de Vrouw pijn zou zijn gedaan?'

Ze liepen even in stilte. Calder schopte tegen een sneeuwhoop. 'Misschien. En misschien niet. Ik wou dat ze iets anders tegen je zei. Bij voorbeeld "Die straat uit, die trap op, in die kast en hebbes"!'

Ze lachten toen ze de hoek bij het huis van mevrouw Sharpe omkwamen. Tot hun schrik stond er een ambulance met zwaailichten. Ze bleven stokstijf staan, met hun mond wijd open, toen ze een brancard bij de voordeur zagen verschijnen. De oude vrouw lag netjes vastgebonden onder een berg dekens. Ze zag er kleintjes en bleek uit. Twee politieagenten volgden de brancard.

'Mevrouw Sharpe! Gaat het wel?' riep Petra uit.

En Calder schreeuwde: 'Wat is er gebeurd?'

Bij het horen van hun stemmen draaide mevrouw Sharpe haar hoofd om. 'O, mooi. Jullie zijn het. Doe je mond dicht voordat jullie tong bevriest.' Mevrouw Sharpe worstelde om haar hand onder de dekens uit te krijgen. 'Stop, broeders! Ik wil met die kinderen praten. Ik ken ze.' Mevrouw Sharpe's gebiedende stem bracht iedereen tot stilstand.

'Ik ben uitgegleden en er is iets in mijn been gebroken. Erg stom van me, moet ik zeggen. Ik heb nog nooit iets gebroken. Ik wilde vandaag deze brief naar het postkantoor brengen. Ik zou in het ziekenhuis iemand kunnen vragen hem te posten, maar ik heb liever dat jullie het doen.'

'Geen probleem.' Calder stak zijn hand uit naar de brief die mevrouw Sharpe vasthield. Ze keek met iets van haar oude felheid toe hoe Calder de brief opborg.

'Vergeet het niet en verlies hem niet, jongen.' Mevrouw Sharpe keek naar het plakband waarmee Calder zijn rugzak had gerepareerd. 'Jullie tweeën mogen me later wel in het ziekenhuis opzoeken als jullie willen. Ik weet zeker dat ik dan vastzit in een of andere vreselijke kamer.'

'Maakt u zich maar geen zorgen, mevrouw Sharpe. We zullen uw brief op de post doen. Moeten we nog boeken of iets anders meebrengen?' vroeg Petra.

'Nee, nee... o, de pijn in dat vervloekte been! Stom, stom!' Mevrouw Sharpe zakte terug op de brancard.

'Kunnen we gaan, mevrouw?' vroeg een van de broeders beleefd.

'Ja natuurlijk. Lijkt het erop dat we hier kunnen zonnebaden als op de Rivièra?' Mevrouw Sharpe's stem stierf weg toen ze in de ambulance werd gelegd.

Ze keken toe toen hij wegreed. 'Arme ziel. Het ziet er niet naar uit dat we binnenkort bij haar op de thee zitten,' zei Petra.

'Ik vraag me af voor wie deze brief is.' Calder zocht in zijn rugzak en trok de brief eruit. Hij was geadresseerd, netjes met de computer geprint, aan mevrouw Isabel Hussey.

✖✖✖Op school hielden ze de brief tegen het licht. De envelop was niet doorzichtig. Het was verleidelijk om hem meteen aan juffrouw Hussey te geven, maar ze hadden mevrouw Sharpe beloofd hem op de bus te doen. Het was moeilijk te beslissen, of wat de gevolgen van hun beslissing zouden zijn.

Na schooltijd liepen ze door de krakende sneeuw naar het postkantoor op de campus.

'Misschien kunnen we hem open stomen,' stelde Calder voor.

'Misschien is het gewoon een vriendelijke brief.

Misschien zijn we te achterdochtig,' zei Petra.

'Weet je wat? We scheuren hem gewoon open en doen de brief in een andere envelop. Dan hoeven we alleen het adres opnieuw te schrijven!'

Opgetogen stonden ze stil en gaven elkaar een high five.

Opeens keek Petra ongelukkig. 'Maar zijn we nu niet een beetje schijnheilig? We gaan bij haar theedrinken, gedragen ons als aardige kinderen, en dan verraden we haar. Hoe zouden wij het vinden als iemand die we vertrouwden onze post zou lezen? Zo worden mensen waarschijnlijk misdadigers. Ze doen eerst iets wat maar een klein beetje verkeerd is, en dan iets wat een beetje erger is —'

'Ja, maar we doen hem daarna toch op de post. We houden ons aan onze belofte. Het is een noodsituatie, weet je nog? We hebben de taak om juffrouw Hussey, de Vrouw, mevrouw Sharpe, én onszelf te redden. Wij zijn zelf misschien ook in gevaar, nu we de derde brief hebben.'

'Dus doen we dit om iedereen te beschermen.'

'Precies. We verrichten alleen maar een beetje hoognodig speurwerk.'

Ze waren nu binnen en stonden naast een gleuf in de muur waar 'gefrankeerde post' op stond.

'We zouden een envelop kunnen kopen en het adres

er hier meteen opnieuw op kunnen schrijven.' Calder zocht in zijn zakken naar kleingeld.

Petra keek nog steeds bezorgd. 'Wat zal mevrouw Sharpe met ons doen als ze erachter komt? En wat als juffrouw Hussey ons handschrift herkent?'

'Dit kan niet fout gaan. We doen de brief op de post zodra we hem hebben gelezen. Mevrouw Sharpe komt er nooit achter, en ik weet zeker dat juffrouw Hussey de envelop weg zal gooien.'

Op dat moment stootte iemand tegen Calder's arm en viel de brief op de grond. Calder bukte, maar zijn rugzak gleed van zijn schouder waardoor hij en Petra allebei hun evenwicht verloren. De brief lag nu onder een leren mannenschoen.

'Ach! Et spait me! Moet diet ook in die post?' De man raapte de brief met een grote, rode klauw op en propte hem samen met zijn eigen post in de gleuf.

'Dit geloof je toch niet!' siste Calder.

Petra glimlachte zwakjes. 'Ik denk dat we net zijn gered van een leven vol misdaad.'

✖✖✖ Toen ze in het ziekenhuis aankwamen, lag mevrouw Sharpe plat in bed. Haar ene been zat in het verband.

'Ik kan jullie geen thee aanbieden, maar wel dit. Het is alles wat ik te pakken kon krijgen.' Mevrouw

Sharpe gaf hen allebei een grote chocoladelolly en drukte op een paar knoppen waardoor het hoofdeinde van haar bed omhoogging. 'Ik wilde jullie bedanken voor het posten van mijn brief.'

Alledrie zwegen ze even.

'Jullie zullen je wel afvragen waar die brief over ging.'

Calder keek naar zijn lolly. Petra slikte luidruchtig.

Mevrouw Sharpe's ogen vernauwden zich. 'Kinderen! Hebben jullie die brief wel gepost? Jullie verzwijgen iets.'

Calder besloot de waarheid te zeggen. 'Nou, weet u... we zagen dat de brief voor juffrouw Hussey was... en ze is onze onderwijzeres, weet u... en we hebben de brieven van de dief en de advertenties in de *Chicago Tribune* gevolgd... en we werken samen aan het opsporen van de Vrouw... en Petra had een droom over de Vrouw... en dus wilden we de brief lezen... We waren gewoon nieuwsgierig of u ook bezorgd was om juffrouw Hussey en—'

'Stop! Hebben jullie mijn brief opengemaakt?' De stem van mevrouw Sharpe was angstaanjagend.

'Nee,' fluisterde Petra. 'Het was ook mijn fout. We dachten dat omdat u slim bent en van Vermeer houdt, u misschien iets over de diefstal wist, en... dat u misschien goede ideeën zou hebben. We waren nieuwsgierig waarom u juffrouw Hussey schreef. We gingen uw brief lezen en er dan een nieuwe envelop omheen doen en hem dan op de post doen, maar uiteindelijk hebben we hem niet opengemaakt. Dat is de waarheid. Het spijt me echt, mevrouw Sharpe. Ik weet niet wat ons bezielde.' Petra was bijna in tranen.

Er viel een lange, ondraaglijke stilte. Calder en Petra durfden niet op te kijken. Toen klonk er een vreemd krakend geluid vanaf het bed. Mevrouw Sharpe lachte. Het klonk alsof ze het een beetje had verleerd.

De kinderen keken haar verbaasd aan. 'Bent u niet boos?' vroeg Calder.

'Ach, niet echt.' Mevrouw Sharpe depte haar ogen met een zakdoek. 'Ik zie mezelf in jullie tweeën. Ik heb in mijn leven veel dingen gedaan uit nieuwsgierigheid, en ik heb maar van erg weinig van die dingen spijt. Het belangrijkste is dat jullie jezelf hebben weerhouden iets verkeerds te doen.' Haar gezicht werd strak. 'Iets verkeerds. Waar het om gaat is dat je nóóit de post van iemand anders mag lezen.' Nadat ze een poosje had gewacht, zodat de kinderen erover na konden denken, ging ze bars verder: 'Mijn meisjesnaam, Coffin, komt oorspronkelijk van Nantucket Island in Massachusetts, en toen ik in de krant las dat juffrouw Hussey daar ook vandaan komt, wilde ik haar schrijven over het toeval. Vertel eens. Wat zei je nou over een droom?'

Dankbaar dat mevrouw Sharpe niet al te boos was over de brief, begon Petra te vertellen. Ze beschreef haar droom over het schilderij gedetailleerd, en vertelde dat niemand behalve Calder ervan wist. Ze zei dat Vermeer's Vrouw soms met haar leek te communiceren.

Mevrouw Sharpe bestudeerde Petra aandachtig terwijl ze vertelde. De ogen van de oude vrouw vernauwden zich tot het bijna spleetjes waren.

'Ze praat tegen je...'

'Sorry?' Petra fluisterde bijna.

'Tja, er zijn veel dingen in het leven, veel ervaringen, waar we geen verklaring voor hebben, zoals meneer Fort zei. Maar wat ik interessant vind is het idee dat veel van wat wij, mensen, leugens vinden waar is, en veel dat we als waar beschouwen leugens zijn.'

Mevrouw Sharpe sprak langzaam en keek naar haar handen. 'Charles Fort zou tegen jullie zoiets gezegd hebben als "Trouwens, wie kan zeggen dat kunst niet leeft? Wie kan zeggen wat echt is? Als er kikkers uit de lucht kunnen vallen, waarom zouden schilderijen dan niet kunnen communiceren?"'

Calder was van zijn stoel opgesprongen. 'Petra! Weet je nog wat juffrouw Hussey ons heeft verteld over Picasso? Dat hij gezegd heeft dat kunst een leugen is die ons de waarheid vertelt?'

'Ga zitten, jongen. Je maakt mijn been zenuwachtig.'
Mevrouw Sharpe's ijzige toon stuurde Calder terug
naar zijn stoel. Haar gezicht kreeg een ondoorgronde-
lijke uitdrukking. 'Waarheid... misschien... Denken
jullie tweeën dat je kunt slagen waar de FBI heeft
gefaald?'

'Nou, er gebeurt niets in het leven als je het niet pro-
beert. En we zijn behoorlijk slimme kinderen, weet u.'
Calder had zijn pentomino's uit zijn zak gehaald en
ging rechthoeken zitten maken aan de tafel naast
mevrouw Sharpe's bed. 'We hebben u nog niet eens
over deze dingen verteld.'

'Slim, denk je dat?' Mevrouw Sharpe keek even zwijgend naar wat Calder zat te doen. 'Wat is dat, jongen?
Een nieuw soort speelgoed?'

'Het zijn pentomino's,' antwoordde Calder plechtig.
Hij vertelde mevrouw Sharpe de letternaam voor elk
van de twaalf stukken. Toen legde hij uit dat je er heel
veel rechthoeken van kon maken, maar dat het wel wat
oefening vergde.

'Duw die tafel eens hier naar toe.' Mevrouw Sharpe
probeerde een tijdje de stukken tegen elkaar te leggen,
terwijl ze steeds weer 'twaalf stukken' mompelde.
Iedereen was stil. Er verschenen geen rechthoeken.

'Het is moeilijk in het begin. Het kost tijd,' zei
Calder vriendelijk.

'Pff!' Mevrouw Sharpe keek gefrustreerd. 'Ik kan nog wel iets anders bedenken wat je hiermee kunt doen. Hoeveel, eh, zeg, vijfletterwoorden, kun je hiermee maken als je tenminste drie van deze twaalf letters in elk woord gebruikt? Ooit geprobeerd?'

'Nee.' Beide kinderen zaten nu bij de tafel. Mevrouw Sharpe zei: 'Laat eens kijken... de letters zijn F, I, L, N, P, T, U, V, W of M, X, Y, en Z. Ik ben dol op dit soort woordspelletjes. Vindt, fluit, filmt, plint...'

'Hé! Dat zijn dertien letters. Wie heeft gezegd dat de W ook een M kan zijn?' vroeg Calder.

'Ik.' Mevrouw Sharpe was druk bezig de stukken heen en weer te schuiven.

'Willy en tilt!' zei Petra.

'Smelt!' gilde Calder.

'Praat wat zachter, jongen! We willen niet dat een van die politieagenten voor de deur zich met ons gaat bemoeien. Nu, als je nog een letter toevoegt dan krijg je vrouw, en dan is er nog plank... en druif!' Mevrouw Sharpe leek erg tevreden met zichzelf en mompelde: 'Vindt... fruit...'

Op dat moment kwam er een verpleegster binnen. 'Tijd voor uw medicijnen, mevrouw Sharpe.'

'Ach, ga toch weg!' snauwde ze.

De verpleegster weigerde en Calder en Petra stonden op om weg te gaan. Toen Calder zijn pentomino's oppakte, knikte mevrouw Sharpe naar ze. 'Geweldige stukken. Kun je veel verschillende dingen mee doen.'

'Ja, ik wil zelfs—' begon Calder enthousiast.

Maar Petra trok aan zijn arm. 'We moeten gaan, Calder.'

Mevrouw Sharpe bedankte hen voor hun bezoek en zwaaide met een hand alsof ze hun toestemming gaf te gaan. Toen ze wegliepen, hoorden ze haar met de verpleegster ruziën.

✖✖✖Die avond kreeg Calder een telefoontje van Tommy met het geweldige nieuws dat hij en zijn moeder terugkwamen naar Hyde Park. Tommy wist nog niet precies wanneer, maar hij zei dat het Harper Avenue Reddingsfonds – het geld dat Calder en Petra hadden opgehaald met het verkopen van brownies – een grote hulp was. Oude Fred had niet veel achtergelaten.

Tommy had nog meer nieuws: Kikker was gevonden. Zijn ouders waren op reis gegaan en hadden hem naar familie in Washington D.C. gebracht. Niemand in Tommy's buurt in New York had 'die nieuwe jongen', in Tommy's woorden, willen vertellen wat er aan de hand was – of, dat kon ook nog, ze waren allemaal zo onaardig dat ze niet eens wisten, of dat het hun niet kon schelen waar Kikker en zijn ouders waren. Tommy zei dat hij net een ansichtkaart van Kikker had gekregen, van de National Gallery of Art, 'een van die schilderijen van Vermeer, die ene die gestolen is'. Calder kon nauwelijks wachten om Tommy te vertellen wat er aan de hand was, maar hij wist dat hij en Petra nog even hun mond moesten houden.

Hij belde Petra meteen. Ze was dolblij over het nieuws van Tommy.

Calder ging verder: 'Weet je nog die N van National Gallery of Art, die dag dat we probeerden de pentomino's iets te laten zeggen over waar Kikker was? Die dag met de kikkerservetten en de regen?'

'Uh-huh.'

Calder vertelde Petra de rest van het verhaal. 'Doet me denken aan iets van Charles Fort: Kikker verdwijnt naar de National Gallery of Art, dan reist er een kaart van de Vrouw terug naar Tommy. Het is geen teleportatie, maar een soort vreemde symmetrie...' Calder was even stil.

'Of een of andere vreemde grap,' vulde Petra aan. 'Dingen gaan samen die niet bij elkaar lijken te horen.

'Dingen met een griezelig gevoel voor humor,' voegde Calder eraan toe.

Hoofdstuk 19 DE SCHOK OP DE TRAP

✖✖✖Na hun bezoek aan mevrouw Sharpe en het nieuws over Kikker konden Petra en Calder niet wachten om verder te gaan met hun speurwerk.

Het enige deel van de Universiteitsschool dat ze nog niet hadden onderzocht, en dat houten panelen had, was King Hall. De gebouwen van de middelbare school en universiteit waren te nieuw, en Poppyfield Hall was verdeeld in studio- en theaterruimtes.

King Hall werd alleen gebruikt voor colleges en als kantoor en was na schooltijd bijna leeg. Petra en Calder begonnen op de begane grond en gingen vandaar naar boven.

Er leken wel kilometers donker hout te zijn. Ze lieten de lichten uit en voelden in collegezalen met hun handen langs vierkante muurpanelen, ze klopten er zachtjes tegenaan op zoek naar verborgen ruimtes. Ze keken in ingebouwde kasten en staande kasten, maar ze waren allemaal leeg. Ze gluurden achter roosters en rammelden met mededelingenborden. Het gebouw was ontmoedigend stevig.

'Deze plek is dood vergeleken met Delia Dell,' zei Calder, terwijl hij naar buiten keek naar het lichte gebouw aan de overkant van de straat. Delia Dell Hall was gebouwd in 1916 en telde talloze vuurspuwers en beeldhouwwerken die halfverborgen zaten achter jaren oude klimop. Er waren stenen torentjes, een verzameling schoorstenen, en openslaande ramen. Naast de originele ruimtes waren er nog een zwembad, een pub, en een moderne bioscoop. Daar werden feesten en uitvoeringen gehouden. Het gebouw wierp een warme, gele gloed op de sneeuw, een gloed die vingers van licht de donkere collegezalen van King in wierp.

'Daar gaat dan mijn idee voor de U-pentomino, de U van Universiteitsschool,' zei Petra, terwijl ze naast Calder voor het raam ging staan. 'Ze zal hier wel niet zijn. Wat vind je van een snelle blik in Delia Dell voor we naar huis gaan?'

'Goed. En, daar kunnen we M&M's kopen, ik verga van de honger.'

Hun stemmen stierven weg in de vroege duisternis toen ze naar de overkant van de straat liepen en de rust van King Hall achter zich lieten.

✖✖✖Calder en Petra zaten op een lange bank op de begane grond van Delia Dell. Ze aten samen blauwe M&M's en een zak chips. Er viel sneeuw, die de universitaire wereld op een magische manier verzachtte en bedekte. Ze legden hun jassen, mutsen en handschoenen in een vochtige stapel naast hen.

Een groepje studenten aan de andere kant van de

ruimte praatte over een Latijnse les. Een man met zware wenkbrauwen zat een krant te lezen. Een professor met een hoofd als een roze bowlingbal haastte zich in de richting van het zwembad, met een handdoek onder zijn arm. Een vrouw die een enorme bos sleutels droeg, passeerde hun bank en ging de trap op. Calder kon de scherpe *klik* horen van een deur die openging, en de *toink* van een slot dat aan de binnenkant op zijn plaats schoof.

Petra zag niets van dat alles. Ze zat gestaag door te eten en staarde recht voor zich uit met een slaperige uitdrukking op haar gezicht. Calder had zin om te praten. 'Wauw, alles is hier van hout. Moet je die trap zien. Dat is me nooit eerder opgevallen. Hij lijkt wel op iets uit een oude film... weet je wel, met Bette Davis die bovenaan staat.'

'Goed.' Petra stond op en rekte zich uit. 'Kom op, het wordt al laat.'

Ze verlieten de entreehal en dwaalden door kamers met houten panelen, open haarden, betegelde vloeren. Ze bleven in het oude gedeelte van het gebouw.

Geen van tweeën had geweten hoe groot het oude deel van Delia Dell Hall was. Het kronkelde en draaide sierlijk, een rechthoekige dans met verrassingen in grootte en sfeer. Het ene moment was het indrukwekkend groot, het volgende knus. Er was een enorme balzaal op de begane grond, waar in een hoek een tai chiles bezig was. Aan de overkant was een kleine ontvangkamer, gevolgd door iets wat op een eetkamer leek. Gipsen wijnranken bedekten de zware balken boven hun hoofd, en de muren, met rechthoekige panelen van verschillende grootte, werden af en toe onderbroken door bijna onzichtbare deuren. Een kleine, houten knop en een sleutelgat waren de enige tekenen die op een doorgang wezen. Eén deur leidde naar een ouderwetse keuken, één naar een achtertrap, en drie of vier andere zaten gewoon op slot.

Het eetkamergedeelte kwam uit in een zonnige bibliotheek met een grote open haard. Boven de schoorsteenmantel hing een houten perkamentrol met de tekst: GEWIJD AAN HET LEVEN VAN VROUWEN AAN DE UNIVERSITEIT VAN CHICAGO. Uit hout gesneden leeuwen en paarden flankeerden de tekst.

Petra stond ervoor en bewonderde de prachtige gotische letters. 'Cool. Wat zou het betekenen?'

'Mijn moeder heeft me verteld dat dit de eerste plek op de universiteit was waar vrouwelijke studenten mochten komen. Maar,' zei Calder, 'we moeten verder.'

Op de eerste verdieping waren een paar kantoren en drie lege collegezalen met rijen houten stoelen, oude olieverfschilderijen aan de muren en gedetailleerde glas-in-loodramen. Op de tweede verdieping was een klein theater. De muren van de zaal tegenover het theater waren bedekt met een stoet van jonge mensen in middeleeuwse kostuums, dansend, spelend, pratend met elkaar, tegen een idyllische achtergrond. De noordelijke muur had boogramen met openslaande deuren die op een dakterras uitkwamen. Petra en Calder stonden vol verbazing bij de ingang van het theater. Een roodfluwelen gordijn schermde het toneel af en aan elke kant was een kleine, houten deur.

Gedreven door dezelfde impuls liepen ze langzaam naar het toneel. Er was niemand te zien. Zonder iets te zeggen, probeerde Calder de deur aan de rechterkant. Hij ging open. Drie treetjes voerden naar een piepkleine ruimte achter het toneel.

Ze kropen naar binnen en stapten over gerafelde gordijntouwen, een luit zonder snaren, een plastic kruik en een oude bezem.

'Dit lijken wel decorstukken voor een mislukte Vermeer,' zei Calder.

Hij dacht dat Petra er wel om zou lachen, maar ze luisterde niet. 'Niet veel plek om iets te verstoppen,' was alles wat ze zei. Ze kreeg opeens het gevoel dat ze iets belangrijks had vergeten, of dat ze ergens zou moeten zijn maar zich niet kon herinneren waar. Of misschien voelde ze zich niet lekker. Het kostte haar moeite te praten.

Terug op de eerste verdieping liep ze naar een raambank. Het voelde vreemd geruststellend aan naast een openslaand raam te zitten.

Calder zat op zijn knieën in de open haard omhoog te kijken. 'Ik zoek naar verborgen planken. Dit gebouw kan vol geheimen zitten die we ons niet eens kunnen voorstellen.'

Toen er geen antwoord kwam, keek hij achterom. 'Wat is er? Je ziet eruit of je half slaapt.'

'Calder, deze ramen.'

Calder ging rechtop zitten. 'Ja,' zei hij langzaam. 'Een soort Vermeer-ramen.'

Petra keek de kamer rond. 'En de houten panelen. Ik bedoel, miljoenen oude gebouwen hebben houten panelen, maar deze rechthoeken...' Petra's stem stierf weg, en ze staarde naar haar spiegelbeeld in het donkerwordende glas.

Calder kwam naar haar toe en ging rustig naast haar zitten. 'Wil je nog een beetje verder rondkijken?' vroeg hij. Hij klonk net als zijn ouders als ze hem iets wilden laten doen, maar het niet al te doorzichtig mocht zijn.

Petra keek hem aan. 'Waar denk je aan, Calder?'

'Dat je klinkt alsof we warm worden.'

Petra kreeg het opeens vreselijk warm. 'Ik word misschien alleen maar ziek. Kom op, laten we hier weggaan.'

Ze gingen terug naar de begane grond. Ze passeerden de wezels die koperen deurknoppen werden, de fluitspeler van houtsnijwerk boven hun hoofden, de stenen leeuwen die hoog boven de gang stonden. Petra, die haar hand op de leuning hield toen ze langzaam de grote trap afgingen, bleef met een ruk staan. Calder liep door.

De trapleuning was een verfijnde wirwar van metalen wijnranken en wezens. Er waren vogels, muizen en hagedissen. In plaats van trapstijlen aan het eind van de trap klemde zich een ingewikkeld uitgesneden, eiken vrouw aan iedere kant van de leuning vast. Vrouw, fluit, plank, druif, vindt... Ze voelde het bloed in haar slapen wild kloppen: *vrouw, druif... vrouw, druif... plank, fluit, vindt...* vindt! De woorden van mevrouw Sharpe. Petra verstijfde en omklemde met één hand de leuning.

Ze zag Calder afwezig in de stapel natte kleren naar zijn jassen zoeken. Ze hoopte maar dat haar gezicht haar wild rondtollende gedachten niet verraadde. Loop, loop gewoon door... Een man keek op toen ze langsliep en legde zijn krant neer. Kon de wereld haar hart voelen bonken, haar gedachten zien rondtollen?

Ze graaide haar spullen bij elkaar en rende de deur door, de verkoelende avondschemering in.

'Petra! Wat is er?'

'Kom op!'

Calder kon zijn vriendin bijna niet bijhouden toen ze zich half rennend, half struikelend door de verse sneeuw haastte. Ze rende langs de Negenenvijftigste Straat en keek om. Plotseling bang geworden keek Calder ook om.

'Laten we langs achterafstraatjes naar huis gaan. We moeten verdwijnen, oké?'

Calder liep vlug naast Petra, hun schouders raakten elkaar. Hij dacht aan de P van *prooi* – of was het *pion*? De blauwe schaduwen van de namiddag zagen er nu dreigend uit. Struikgewas tussen huizen leek gevuld met poelen van duisternis, en mensen die in elkaar gedoken liepen tegen de kou zagen er gevaarlijk uit.

Toen ze ervan overtuigd was dat ze niet werden gevolgd, stond Petra stil. 'Calder. Dit is het.'

Hij keek rond in de verlaten steeg en huiverde. 'Dit is wát?'

'Ik denk dat we haar hebben gevonden.'

Hoofdstuk 20 EEN GEK

✖✖✖Toen Petra die avond haar tanden poetste, dacht ze na over wat er in Delia Dell Hall was gebeurd. Er was een duidelijke *klik* in haar gedachten geweest. Het deed haar denken aan die keer dat ze een gerafeld elektrisch snoer vastpakte en met haar vinger tegen de draadjes kwam.

Had mevrouw Sharpe per ongeluk iets gezegd? Hoopte ze dat zij haar aanwijzingen zouden begrijpen? Petra dacht aan wat juffrouw Hussey had gezegd over misdadigers die ontdekt wilden worden. Als mevrouw Sharpe en juffrouw Hussey hadden samengewerkt...

En toen, alsof iemand de sterkte van haar brillenglazen had veranderd, zag ze opeens hoe wild haar ideeën waren geworden. Waren zij en Calder gek geworden dat ze dachten dat die twee vrouwen bij de diefstal waren betrokken? Hun verdenkingen over hun buurvrouw en hun onderwijzeres leken opeens overdreven en kinderachtig. Haar ervaring op de trap kan natuurlijk niets anders zijn dan een groot, vreemd toeval.

Ten eerste hadden zij en Calder en mevrouw Sharpe een spelletje gedaan met de pentomino's. Mevrouw Sharpe had nog nooit eerder een pentomino gezien. De woorden die ze vanmiddag verzonnen had, waren niet van tevoren bedacht.

Ten tweede was ze een oude vrouw. Ze was de weduwe van iemand die was vermoord. Ze had een brief van de dief gekregen. Na zich weken zorgen te hebben gemaakt, had ze zich aangegeven. Ze had om politiebescherming gevraagd. Juffrouw Hussey was een jonge onderwijzeres, en een toegewijde. Waarom zou ze ooit betrokken raken bij een grote kunstdiefstal?

Petra tikte zakelijk met haar tandenborstel tegen de wastafel. Haar verbeelding was met haar op de loop gegaan in Delia Dell. In de hoop het raadsel op te lossen, had ze een paar belachelijke conclusies getrokken. Al dat gezoek maakte haar stapelgek. De klik kwam waarschijnlijk doordat ze zich niet zo lekker had gevoeld, en de pentominowoorden van mevrouw Sharpe waren niets meer of minder dan een geweldige Charles Fortgebeurtenis. Het gestolen schilderij was waarschijnlijk in Zwitserland of Brazilië of Japan. Ze zou morgenochtend wel haar excuses aan Calder aanbieden omdat ze hem had laten schrikken.

Over twee dagen zou ze haar twaalfde verjaardag vieren. Twaalfjarigen waren oud genoeg om te beslissen wat zinnig was en wat niet.

Petra legde haar tandenborstel neer en ging op de rand van het bad zitten wachten tot het water heet zou worden. Opeens dacht ze aan de Vrouw. *Denk ik wel goed?* wilde ze haar vragen. *Heb ik me maar verbeeld wat er vandaag is gebeurd? Ben je in Delia Dell?* Ze wachtte op een antwoord. Er kwam niets.

Twijfel sijpelde weer terug in haar gedachten. Sinds wanneer was ze zo rationeel? Zich iets voorstellen, dat was waar ze het beste in was. En hadden zij en Calder niet afgesproken dat ze juffrouw Hussey zouden redden? En hoe zat het met die brief die ze pas in mevrouw Sharpe's struiken had gevonden?

Ze stapte in het bad en legde een warm washandje op haar hoofd. Ze legde haar hoofd achterover en deed haar ogen dicht.

Opeens stelde ze zich een rechthoek binnen in een driehoek voor. Het was meer een gevoel dan een beeld. Ze dook onder en liet het water in haar oren lopen. Kon ze niet ophouden met denken?

✖✖✖Het was een fonkelende, witter-dan-witte winterochtend, een ochtend met een strakblauwe hemel, inktzwarte takken en het verblindende, twee-dimensionale beeld van verse sneeuw.

Toen Petra tijdens het aankleden uit het raam keek, dacht ze dat de takken rivieren op een kaart konden zijn, of barsten in een blauw bord. Misschien waren het symbolen van een onbekende code – misschien kunnen bomen wel met hun takken praten, kunnen ze langzaam ingewikkelde boodschappen geven met een onbekende woordenschat van vormen. Calder's manier van denken was besmettelijk.

Vrolijk fluitend vloog Petra de trap af om te ontbijten. De wereld leek rijk aan mogelijkheden. Haar praktische gedachten van de vorige avond leken nu laf en fantasieloos. Wat had haar bezield? Ze dacht aan de zin van de dief: *Ik feliciteer u met uw jacht naar de waarheid.*

Het was zaterdag en haar ouders, nog in hun pyjama, waren met hun hoofden dicht bij elkaar verdiept in een artikel in de *Chicago Tribune*. Ze zagen er geschokt uit.

'Die vent is gek! Een krankzinnige die alleen met zichzelf bezig is!' Petra's vader sloeg met zijn hand op de tafel. Alle mueslikommen sprongen omhoog.

'Wat is er?' Petra verstijfde.

'Meer nieuws over het Vermeer-schilderij. We moeten allemaal maar hopen dat de mensen van de FBI weten wat ze doen.' Frank Andalee stond op terwijl hij praatte en legde een hand op de schouder van zijn dochter. 'Wees maar blij dat je niet verantwoordelijk bent voor het redden van een meesterwerk uit de handen van een gek.'

'Ja, pap.' Somber begon ze te lezen.

Het National Gallery of Art ontving gisteren de volgende anonieme brief. Het laatste bericht van de dief, een advertentie die naar de *Chicago Tribune* werd gestuurd, was in Florence op de post gedaan. De brief die we gisteren ontvingen, was in een postkantoor in Washington D.C. gepost. De FBI en het National Gallery of Art vinden het belangrijk dat het publiek onmiddellijk op de hoogte wordt gesteld van de nieuwste plannen van de dief.

Beste Nationaal Gallery,
Het pas uitgekomen boek *Het Vermeer-dilemma: Wat gebeurt er nu?* wijst op de overweldigende reactie van het publiek op mijn brief en de drie advertenties die in kranten overal ter wereld zijn verschenen. Men is het, inderdaad, met me eens. Nu is de beurt aan u en uw collega's om het, publiekelijk, met ons allen eens te zijn.
Ik eis dat u een brief schrijft naar alle andere eigenaren van Vermeer-schilderijen. Daarin moet u verklaren dat mijn standpunt verdedigbaar is, en eisen dat de toeschrijvingen die ik eerder heb gedaan onmiddellijk worden ingevoerd.

Als die toeschrijvingen niet binnen een maand worden ingevoerd, voor 11 januari, dan zal ik, tegen mijn wil, *Schrijvende vrouw in het geel* vernietigen. Ik zal dat beschouwen als een offer in het belang van de waarheid, een les voor degenen die te star, te oneerlijk zijn om het goede te doen.

Ik ben oud en zal niet lang meer leven. Ik zal echter lang genoeg leven om dit opgelost te zien op museummuren en op schrift of, tot ontzetting van ons allen, in as.

Ik smeek u *Schrijvende vrouw in het geel* te sparen. Als u in uw hart kijkt dan weet ik dat u, zoals ik in november heb voorspeld, het met me eens zult zijn.

Doe wat juist is.

Petra liet de krant vallen en rende de keuken uit.

Hoofdstuk 21   KIJKEN EN ZIEN

✖✖✖'Deze dief is veel meedogenlozer dan we dachten.' Het was negen uur 's morgens en Calder en Petra zaten in Calder's keuken. Zijn ouders waren boodschappen doen.

'Ik wed dat Delia Dell vandaag nog onderzocht zal worden als we de politie bellen. En als het schilderij daar echt is, hebben zij een betere kans om het te vinden dan wij. Wat we ook kunnen doen is het aan onze ouders vertellen en het aan hen overlaten.' Petra klonk over geen van beide ideeën erg enthousiast.

Calder, verdiept in zijn eigen gedachten, grinnikte. 'We kunnen het ook aan niemand vertellen. Ik zie de krantenkoppen al voor me: "Kinderen vinden vermiste Vermeer" of "Kinderen speuren meesterwerk van Vermeer op een geniale manier op" of " Kinderen leiden ontmoedigde FBI-agenten naar—"'

'Calder! Hou op! Hoe kun je nou aan beroemdheid denken? Wat zou het beste zijn voor de Vrouw?' Petra trok een grote-zus-gezicht.

'Gevonden te worden.' Calder sloeg zijn armen over elkaar en pruilde. 'Jij zou ook graag op het journaal komen, hoor.'

Petra zag zichzelf even in een praatprogramma op tv of haar foto op de voorpagina van de *Chicago Tribune*.

'Misschien,' zei ze wat vriendelijker.

'Ik stel voor dat we haar vandaag zelf proberen te vinden, en als het niet lukt dan praten we vanavond met onze ouders en de politie.'

'Oké. Ik vind dat we mevrouw Sharpe eerst moeten opbellen.'

'Waarom?' Calder had de M-pentomino uit zijn zak gehaald en schoof hem heen en weer op de tafel. 'Omdat de brief op haar manier van praten lijkt? We weten dat het niet zo is. Ze ligt in het ziekenhuis, en trouwens, ze zou een Vermeer nooit kwaad doen.'

'Ze zou ons kunnen helpen.' Petra gaf haar mok een resolute tik met haar lepel. 'We vertellen haar wat er in Delia Dell is gebeurd. Dat zal haar nieuwsgierig maken. Dan, als ze iets weet, flapt ze het er misschien per ongeluk uit.'

Ze keken allebei naar de M. 'Wat zegt hij?' vroeg Petra.

'Meteen,' zei Calder. 'Ik denk dat dat betekent, schiet op.'

Ze belden het ziekenhuis en vroegen naar mevrouw Sharpe.

Toen ze opnam, zei Petra: 'Calder en ik zijn gisteren in Delia Dell geweest—'

'En?' Mevrouw Sharpe's stem klonk zo koud als staal.

'De brief in de krant... We maken ons zorgen.' Het

was stil aan de andere kant. 'Mevrouw Sharpe? We wilden niet dat u zich zorgen zou maken. Om ons.'

'Vlei jezelf maar niet. Waarom zou ik me zorgen maken?'

Voordat Petra haar kon vertellen over de klik op de trap, zei de oude vrouw: 'Wees gewoon voorzichtig. Kijken en zien zijn twee verschillende dingen.'

Toen verbrak ze de verbinding.

✖✖✖Calder liet een briefje voor zijn ouders achter. Petra en hij trokken hun jas aan en gingen op weg naar de campus. Ze haastten zich naar binnen door de zijdeur van Delia Dell, en Petra gleed uit op de natte vloertegels. Haar voeten schoven onder haar weg en ze kwam pijnlijk tot stilstand tegen een van de banken.

Toen ze opkrabbelde, keek ze in het gezicht van een man. Zijn wenkbrauwen waren zo dik dat ze tot over zijn ogen hingen, die te klein leken voor zijn gezicht.

'Glibberig spul, niet?' Zijn stem was laag en sympathiek en hij had een buitenlands accent. 'Die oude vloeren zain vreselijk als zie nat zain. Maar iet ies een prachtieg gebouw. Heel prachtieg.' Hij lachte naar Petra en zijn ogen verdwenen bijna helemaal onder het haar van zijn wilde wenkbrauwen. Hij stak een grote hand uit. 'Jullie twee waren ier giesteren ook, nee?' Iets aan de man kwam haar bekend voor.

Petra stond op. 'Het gaat wel weer,' zei ze snel en duwde Calder voor zich de deur uit.

'Geweldig! Die man heeft ons gezien en jij deed vreselijk zenuwachtig. Wat doen we nu?'

'Wat moest ik dan zeggen: "Welke kant moeten we op voor de Vermeer?" Heb je die stem herkend? Ik denk dat het dezelfde man was als in het postkantoor.'

'Welke man?' vroeg Calder.

'De kerel die op de brief van mevrouw Sharpe trapte!'

'Nou, wie hij ook is, we hadden gewoon door moeten gaan. Als we niet eerder waren opgevallen, dan nu zeker wel.'

Ze hadden voor het eerst bijna ruzie. Petra had zere ellebogen en was kwaad op zichzelf. Ze wist dat Calder gelijk had. De man was waarschijnlijk niet belangrijk.

'Wacht,' zei Calder. 'Ik heb een idee. Ik denk dat ik een kelderingang weet.'

Ze liepen snel om naar de oostkant van het gebouw. Daar was, verbazingwekkend genoeg, achter een ommuurd gedeelte een kleine deur boven aan een trapje. De deur werd opengehouden door een gedeukte vuilnisemmer.

'Wauw! Als iemand vraagt wat we doen, dan zeggen we weer dat we een plattegrond van het gebouw maken voor school.' Calder klonk niet zo vol vertrouwen als hij zich probeerde te voelen.

'We moeten potloden en papier pakken, dan lijkt het of we echt ergens mee bezig zijn,' zei Petra.

Gewapend met hun tekenspullen slopen ze dichterbij. Het was moeilijk om achter de donkere deuropening iets te zien. Ze bleven buiten staan, luisterden, en gluurden toen om de hoek. Er was niemand te zien.

Op hun tenen liepen ze door een lange gang die eerst naar links boog en toen naar rechts. Draaideuren gaven toegang tot een kamer met een enkele gloeilamp boven hun hoofd. Toen ze binnen waren, zagen ze dat er nog drie uitgangen waren. Ze kozen de middelste.

'Gatsie.' Calder stapte over een vieze stapel afval die naar zure melk en gymschoenen stonk.

Petra hield haar want voor haar neus.

Al snel kwamen ze in een doolhof van gangetjes.

'Welke kant gaan we op, denk je?' vroeg Calder, terwijl hij naar de afbladderende verf keek.

'Geen idee, maar ik hoop dat het omhoog is,' zei Petra.

Ze kwamen bij een splitsing. Tot hun opluchting liep een van de gangen naar een ijzeren trap. Ze renden er naar toe.

Op de eerste verdieping gaf een diamantvormig raam uitzicht op een hal.

'Ik kan niet veel zien. Probeer jij het eens.' Calder deed een stap opzij. Op dat moment flitste er een blauwe trui langs. Beide kinderen doken weg, en Petra raakte Calder met een van haar haarclips op zijn neus.

'Pe-trá! Kijk uit wat je doet, joh!' Calder vergat te fluisteren en de trui verscheen weer, wachtte een paar lange seconden aan de andere kant van de deur en ging weer verder.

'Calder, dat leek precies de trui van mijn vader. Ik moet even kijken.'

'Wat moeten we zeggen als hij het ook echt is? Hij zal wel vragen wat we hier doen.'

'Ik weet het niet, maar ik moet toch even kijken of het mijn vader is.'

Ze liepen zo stil als ze konden door de hal langs een paar kantoren. Toen ze bij de hoek kwamen, zagen ze de man in de blauwe trui de trap naar de tweede verdieping op lopen met een rechthoekig pakje in zijn handen.

De man was beslist Frank Andalee.

'Vreemd,' fluisterde Petra. 'Wat zou hij hier doen? Hij werkt wel eens op zaterdag, maar dan aan de andere kant van de campus.' Petra dacht aan de woede van haar vader die ochtend, en hoe hij tegen de tafel had geslagen. Ze herinnerde zich ook zijn woorden: 'Ben je niet blij dat je niet verantwoordelijk bent voor het redden van een meesterwerk uit de handen van een gek?' Het woord 'gek' echode op een beangstigende manier door haar hoofd. Voelde híj zich verantwoordelijk? Misschien was hij tegen iets aangelopen en was hij daarom zo knorrig de laatste tijd.

Ze herinnerde zich dat hij de woorden 'een lening' had gemompeld, of was het 'alleen' geweest? Allebei de mogelijkheden waren griezelig. En dan was er nog het gepraat over twee geheimzinnige brieven, en ook wat ze hem in de herfst tegen haar moeder had horen zeggen: 'Iedereen heeft wel iets te verbergen.'

Calder zag hoe ellendig Petra keek en klopte haar op haar rug. 'Ik weet zeker dat hij een goede reden heeft om hier te zijn.'

Ze propten hun rugzakken en jassen in een hoek van een raambank en begonnen de eerste verdieping van Delia Dell te onderzoeken. Het volgende half uur waren ze druk bezig met kloppen, bestuderen, drukken, snuffelen, duwen, trekken, opendoen en dichtdoen. Er kwamen verschillende kasten te voorschijn, muren kraakten, maar er was geen spoor van het schilderij.

Petra kon zich niet concentreren. 'Ik kan me gewoon niet voorstellen wat hij in Delia Dell te zoeken heeft,' zei ze.

'Hij zal zich hetzelfde afvragen als hij jou ziet.'

'En dat pakje dat hij droeg, was precies de goede maat...'

Petra was opeens doodmoe van het verdenken van mensen – eerst mevrouw Sharpe, toen juffrouw Hussey, toen hen allebei, en nu... haar vader?

Calder leek haar gedachten te raden. 'Rondsnuffelen en proberen hoogte van mensen te krijgen, is lang niet zo leuk als ik had gedacht,' zei hij.

Ze keek uit een van de ramen en zag haar vader en de man van het postkantoor samen de parkeerplaats oversteken.

'Calder! Ze zijn samen!'

Petra zag dat haar vader zijn schouders had opgetrokken en dat hij zijn handen in zijn zakken had. Hij had het pakje niet meer bij zich.

Hoofdstuk 22 TWAALVEN

✖✖✖Tegen de tijd dat Calder en Petra buiten stonden, waren de twee mannen weg. Er waren geen voetstappen die ze konden volgen, de sneeuw was een onleesbare massa.

'Ik denk dat we maar moeten gaan,' zei Petra.

'Jep.'

Op de terugweg naar Harper Avenue maakten Calder en Petra een plan. Ze zouden die avond naar Delia Dell teruggaan en allebei tegen hun ouders zeggen dat ze bij de ander waren.

'Ik denk dat we toch nog op weg zijn naar een leven vol misdaad.' Petra grijnsde flauw naar Calder. 'Maar dit is anders. Het zal een vroeg verjaardagsavontuur worden. Ik bedoel—' Ze stopte abrupt.

Calder keek bevreemd op. 'Hoe wist je dat?'

'Hoe wist ik wat?'

'Mijn verjaardag.'

'Wat? Het is ook mijn verjaardag!'

Tot Petra's verbazing was Calder in gedachten verzonken in plaats van verbaasd. Hij keek naar de T-pentomino in zijn rechterhand. 'T van twaalf... We worden allebei twaalf op 12–12... Waarom heb ik dat niet eerder gezien?'

'Wauw,' was alles wat Petra zei.

Hij ging door: 'Het is een puzzel die draait om twaalf. Er zijn natuurlijk de pentomino's, en het feit dat we allebei twaalf worden op de twaalfde dag van de twaalfde maand, en ik wed dat er ook dingen over het schilderij of over Vermeer zijn die met twaalf te maken hebben.'

'Calder, je bent of totaal geschift of geniaal. Misschien wel allebei.'

'En we hebben nog ongeveer twaalf uur om dit op te lossen. Denk je dat we dat kunnen?'

'Ik denk het wel.'

✖✖✖Die avond zaten de kinderen gehurkt achter een struik onder de ramen van Delia Dell. Het was tien voor zeven. De blauwe lucht en witte sneeuw van die ochtend waren veranderd in een ijzig paars afgezet met zwart.

'Het is de man van het postkantoor!' fluisterde Calder.

Hij was een van de laatste mensen die het gebouw verlieten voor het werd afgesloten. Hij liep langzaam de trap af naar een geparkeerde auto. Voordat hij instapte, keek hij de Negenenvijftigste Straat in alsof hij naar iemand zocht. Calder en Petra konden zijn gezicht goed zien.

Zodra de auto verdwenen was, sprong Petra achter de struik vandaan. 'Snel!'

Ze renden langs het gebouw naar de plek waar het vuilnis stond. De achterdeur waardoor ze die ochtend binnen waren gekomen, stond nog open. Ze liepen zo snel mogelijk naar de duistere ingang en doken naar binnen. Het leek wel alsof ze zwart water indoken.

Een paar kamers verderop hoorden ze voetstappen en gefluit.

Petra greep Calder's mouw en wees naar een reusachtige archiefkast. Ze kropen ernaast en durfden nauwelijks adem te halen.

De voetstappen kwamen dichterbij, snel en zwaar, en er klonk gekreun toen iemand een metalen vuilnisemmer neerzette. Ze konden allebei een man zien bewegen.

Nog twee stappen en hij sloeg de achterdeur dicht en deed hem op slot met twee grendels. Hij deed het licht in de volgende kamer uit en liet hen in het donker achter. De voetstappen stierven weg. Ze wachtten tot ze weer een deur dicht hoorden gaan.

Petra haalde een zaklamp uit haar rugzak. Hij ging aan en toen uit. Ze schudde hem heen en weer. Er gebeurde niets. Ze voelde de duisternis op hen neerkomen en hoorde een geluid als van een oceaan in haar oren. De ruimte om hen heen begon op een heel nare manier kleiner te worden.

'O, geweldig!'

'Heb je hem thuis niet geprobeerd?'

'Ja, natuurlijk wel!'

Tot hun opluchting ging de zaklamp weer aan. Petra richtte hem op het plafond.

Ze hield de zaklamp vast alsof het een vol glas was, en toen begonnen ze voorzichtig door de schemerige doolhof van hallen en voorraadkamers te lopen. Niets zag er bekend uit. Ze hadden vast een andere afslag genomen. Calder dacht bij zichzelf dat 'spookachtig' nog zwak uitgedrukt was voor dit gebouw. De kelder van Gracie was er gezellig bij.

Ze probeerden allebei niet verder te denken dan de volgende stap.

De gangen waren eindeloos. De zaklamp ging nog een keer uit, en bleef toen uit. Terwijl ze elkaar vasthielden liepen ze op de tast de volgende hoek om.

In de verte gloeide het rode licht van een uitgang.

'Het is gelukt!' Ze liepen door de gang en toen eindelijk door de deur. Toen stonden ze in de grote entreehal.

Een koorbank met een hoge rugleuning in het midden van de ruimte torende boven hen uit. De maan was opgekomen terwijl ze binnen waren en er scheen licht door de ramen op de overloop van de eerste verdieping. Een pad van gebroken rechthoeken en ruiten liep via de trap naar beneden en kwam uit op de hoofden van de vrouwen die onderaan stonden.

'Misschien is het wel goed dat onze zaklamp uit is, voor het geval iemand het gebouw in de gaten houdt,' fluisterde Petra.

'Daar zat ik ook aan te denken.' Calder keek naar de balzaal en de bibliotheek.

Ze voelden zich klein in de duisternis en liepen door de hal en toen een paar treden op naar de volgende ruimte. Ze liepen onder de gipsen druiven door en gingen de bibliotheek in.

De ruimte was 's nachts hol en donker en verlaten. Buiten liepen studenten, op weg naar hun kamers, te praten en te lachen. Het voelde alsof een kloof van verantwoordelijkheid Petra en Calder van het alledaagse leven scheidde. Hoe hadden ze ooit kunnen denken dat het hen zou lukken?

'Laten we hier maar beginnen. We moeten bij elkaar blijven,' zei Petra. Ze klopten op de zuidelijke muur op zoek naar verborgen kasten, planken of deurknoppen, terwijl ze hun ogen inspanden om in de schaduwen iets te zien. Het ging maar langzaam.

Ze aarzelden bij de deur naar de eetkamer en staarden in een nog diepere duisternis. Er waren niet zo veel ramen. Toen ze eenmaal binnen waren, werkten ze systematisch en ging het sneller. Ze duwden en klopten zo hard op elk paneel dat hun armen trilden en hun knokkels ruw werden.

Opeens draaide Calder zich om, zo snel dat Petra achteruit sprong. 'Wat is er?'

Geen antwoord. Calder rende in de richting van de trap.

Petra rende achter hem aan. 'Calder! Wacht!'

Hij stopte aan de voet van de trap en liep weer twaalf treden omhoog, terwijl hij ze telde.

'Wat is er?' Petra's stem klonk schril.

'Ik denk dat ik de oplossing heb gevonden. Ga weer naar beneden.'

'Alléén?'

'Schiet op! Blijf recht onder de twaalfde tree staan.' Calder was buiten adem maar kalm.

Petra zag in elke donkere hoek enge figuren verstopt zitten. Als ze verdween zoals Kikker, dan was het Calder's schuld.

'Hier?' Petra's hart bonsde wild. Het was gruwelijk donker onder de trap. Ineens herinnerde ze zich haar gedachte in het bad: een rechthoek binnen in een driehoek. Ze stond in een enorme driehoek.

'Nog een stap verder.' Calder rende naar beneden en kroop naast haar. Hij tastte met zijn vingers over de muur. Hij was bedekt met kleine, vierkante panelen, elk ongeveer tien centimeter breed.

'Een groep van twaalf,' mompelde Calder. '... zes, zeven, acht... hier.'

Ze klopten op de twaalfde rechthoek en toen op die eromheen. Er was duidelijk een holle ruimte achter dit deel van de muur.

Ze duwden met al hun kracht tegen de eiken panelen. Er gebeurde niets.

'Misschien moeten we langzamer drukken. Er kan een veer of zoiets zitten.' Petra begon rechtsboven en Calder linksonder. Ze tastten voorzichtig verder.

Dat deden ze twee keer, steeds namen ze het twaalfde paneel als middelpunt van een denkbeeldige, grotere rechthoek. De derde keer gaf er iets mee. Er klonk een krakend gekreun en een luide bons. Het paneel schoof terug in de muur en er kwam een ondiepe bergplaats te voorschijn.

Petra greep, met trillende handen, automatisch naar de zaklamp en friemelde met de schakelaar. Hij ging zomaar aan!

'O, kijk, Petra!'

Tegen de achterkant stond, verpakt in een lap stof, een kleine, rechthoekige vorm.

Calder deed bevend een stap achteruit. Petra gaf hem de zaklamp en pakte het voorwerp eruit. De verpakking was van fluweel.

Ze zonken naast elkaar op de grond neer. Petra begon de stof eraf te halen, waarbij ze het voorwerp steeds omdraaide. Meters dieprode stof vielen in

plooien om haar knieën. Ze voelde de hoek van een lijst. Het hout was koel en glad. Ze stopte.

'Jij.' Het woord was nauwelijks hoorbaar.

Calder begreep het en haalde voorzichtig de laatste laag fluweel eraf.

Het was een moment dat ze zich de rest van hun leven heel helder zouden herinneren. Het licht van de zaklamp kreeg antwoord van de glinsterende parels, de satijnen haarlinten, de ogen van de vrouw: het beeld was fijner en teerder dan ze zich hadden voorgesteld. Warme tranen stroomden over Petra's wangen en vertroebelden haar beeld van het bekende gezicht van de Vrouw.

Toen Calder de gesmoorde snik hoorde, voelde ook hij de tranen in zijn ogen schieten. Op dat moment waren zij drieën alleen op de wereld: de Vrouw, die bijna driehonderdvijftig jaar oud was, en de twee kinderen, die bijna twaalf waren.

'We krijgen je hier wel uit,' fluisterde Petra, die haar stem niet vertrouwde.

Calder, die zijn tranen aan de mouw van zijn jas afveegde, wees naar het parelsnoer dat op de tafel lag. 'Tel eens.'

Petra telde. Ze keek verlegen naar Calder, zich ervan bewust dat ze allebei hadden gehuild. 'Tien? O, ik kan het niet geloven! Met de pareloorbellen erbij zijn het er twaalf!'

Ze lachten trillerig naar elkaar.

'Waardoor zag je dat?' vroeg Petra.

'Ik weet het niet. Misschien gaf ze me een hint.'

Petra, die nog naar het schilderij zat te kijken, knikte zwijgzaam en begripvol.

Ze schraapten hun keel. Ze hadden nog niet bedacht wat ze zouden doen als ze haar echt zouden vinden.

'Calder, het is zo koud buiten. Denk je dat ze daar last van heeft? Ik kan haar wel in mijn jas wikkelen.'

'We moeten wel. Het zou erger zijn haar hier te laten. Stel je voor dat de dief morgen zou besluiten haar weg te halen. We zouden het onszelf nooit vergeven.'

Terwijl Calder de zaklamp vasthield, pakte Petra het schilderij weer zorgvuldig in in de lap fluweel. Toen trok ze haar trui uit en bond hem stevig om het pakket. Door de brede lijst was het pakket lastig te dragen.

Ze liepen de hal door, terwijl ze de tegels onder hun voeten nauwelijks voelden, en gingen op weg naar een van de uitgangen aan de noordkant van het gebouw.

Ze bekeken de randen van de deur en ontdekten het rode licht van het alarm.

'Ik wed dat alle hoofddeuren beveiligd zijn,' zei Calder. 'We kunnen proberen weer door de kelder te gaan, maar die deur is misschien ook beveiligd. Of je kan hiervandaan beginnen te rennen en dan doe ik een afleidingsmanoeuvre als we gezien worden.'

'Nee. Laten we bij elkaar blijven.'

'Misschien moet ik ook iets dragen, voor het geval iemand het gebouw in de gaten houdt. Het geeft niet als we door de politie gepakt worden, toch? Eigenlijk zou dat een opluchting zijn.'

Calder bukte zich, pakte een bordje met GEVAAR: GLADDE VLOER dat bij de deur stond en vulde het aan met een stapel universiteitskranten. Snel trok hij zijn jas uit, wikkelde de kranten en het bordje stevig in zijn trui en trok zijn jas weer aan. Hij hield het pakket voor zich alsof het breekbaar was.

'Overtuigend genoeg? Wacht even.' Calder zocht in zijn zak en haalde er een pentomino uit. 'Het is de P van prima. We krijgen haar thuis.' Hij tikte zachtjes op Petra's pakket.

'Absoluut.' Petra lachte.

'Klaar?' Ze haalden allebei diep en schokkend adem.

'Op onze plaatsen—'

'Klaar voor de start—'

'Af!'

Ze deden de deur open en renden de koude nachtlucht in, achter hen schreeuwde het alarm.

Hoofdstuk 23 HELP!

✖✖✖Petra en Calder renden naar de tuin en de speelplaats achter de Universiteitsschool. Om de paar seconden keken ze achterom.

Een man met een donkere jas verscheen om de hoek van het gebouw aan de kant van de Negenenvijftigste Straat. Hij rende hun kant op.

'Kun je zien wie het is?' Petra sprak met horten en stoten.

'Bent u van de politie?' riep Calder.

Er kwam geen antwoord. Hijgend wachtten ze even, bereid elke politieagent van de universiteit te omhelzen. Op dat moment kwam de figuur uit de schaduw, de maan bescheen de glazen van zijn bril en veranderde zijn ogen in zilveren poelen. Hij kwam recht op hen af en rende of zijn leven ervan afhing. Hij droeg geen uniform.

'Rennen!' hijgde Calder. Ze gingen ervandoor, zigzaggend tussen bomen en struiken.

'Help! Help!' gilde Petra. Er was niemand te zien. Waar waren de mensen die hun hond uitlieten, de studenten?

De man haalde hen in. Ze konden zijn ademhaling nu horen. Petra sprong over een zandbak en rende de speelplaats af. Ze hoorde een bons vlak achter zich, en

uit haar ooghoek zag ze dat Calder over de hoek van het klimrek was gestruikeld.

Ze bleef staan.

Calder gilde: 'Schiet op! Rennen!' Hij stond alweer, maar de man zat nu vlak achter hem.

Petra rende zoals ze nog nooit eerder had gedaan. Ze keek om en zag Calder hoog op de glijbaan staan, het pakket nog steeds in zijn armen geklemd. De man stond beneden. Ze hoorde Calder's stem, schril van angst: 'Als je dichterbij komt, duw ik mijn knie erdoor. Echt. Dan heb je een groot probleem.' Ze kon het grommende antwoord van de man niet verstaan. Calder's stem klonk weer: 'Waag het niet me pijn te doen!' Ze voelde een scherpe steek van angst om Calder, en op hetzelfde moment een golf van bewondering voor zijn snelle reactie en moed.

Ze was nu in de Zevenenvijftigste Straat. Ze rende door de straat naar het Medici Restaurant, trok de zware, houten deur open en stormde naar binnen.

Gelukkig wilde een universiteitsagent net weggaan. Petra vertelde hijgend het verhaal van Calder en een man op de speelplaats. Ze besloot niets te zeggen over de Vrouw. Ze wilde geen tijd verspillen met het beantwoorden van vragen. Ze renden naar buiten en ze sprong voor in de auto van de politieagent. Even later stopten ze voor de speelplaats.

Het blauwe licht zwaaide en scheen op iets op de grond. Ze hoorde de agent brommen en terwijl hij zijn deur opendeed, zei hij: 'Blijf zitten, meisje.' Petra liet het schilderij liggen en sprong toch naar buiten.

Toen ze dichter bij de glijbaan kwamen, zag ze dat de vorm Calder's trui was, boven op een stapel kranten. De kranten die hij bij zich had toen ze van Delia Dell waren weggevlucht. 'O, gelukkig! Calder is ontsnapt!' Petra sprong op en neer van blijdschap.

De politieagent knielde neer om de trui goed te bekijken. 'Het lijkt wel of er bloed op zit,' zei hij.

Geschrokken knielde Petra ook. Ze zag een paar donkere druppels op de grijze capuchon.

'Kom op, meisje, dit is geen plek voor jou.' De agent stond op. Toen schreeuwde hij: 'Hé, jij daar! Sta stil! Politie!'

Petra keek op en zag de man die hen had achtervolgd uit de politieauto komen. Haar pakket had hij onder zijn arm. Hij rende de Achtenvijftigste Straat door naar het oosten, naar de binnenplaatsen en hekken waar hij zich zou kunnen verstoppen.

'Dat is hem! Dat is de kerel die ons achternazat, en nu heeft hij het schilderij gestolen!'

'Hij heeft wát?'

'O, alstublieft, schiet op!'

De agent rende, met een hand op zijn holster, naar

de auto. 'Verdachte van geweldpleging rent in oostelijke richting door de Achtenvijftigste Straat. Draagt een gestolen voorwerp. Onmiddellijke assistentie gevraagd.'

'Zeg dat het van onschatbare waarde is. Het is de Vermeer!'

De politieagent aarzelde even en zei toen vriendelijk: 'Meissie, ze zijn hier zo.'

'Het is echt wáár!'

Weer keek de agent toegeeflijk en schudde zijn hoofd. 'Wat deden jullie hier eigenlijk zo alleen om deze tijd?'

Petra fluisterde: 'U zou het toch niet begrijpen als ik het vertelde. O, ik hoop maar dat het goed gaat met Calder!'

Petra, die nu huilde, kon nauwelijks naam, adres en telefoonnummer van haar vriend geven. Ze had Calder in de steek gelaten en ook de Vrouw, en nu was Calder gewond.

Toen ze op weg gingen naar het politiebureau zei ze met een beverige stem: 'Als u ooit ergens in hebt geloofd, geloof me dan nu.'

✖✖✖ Calder werd als vermist opgegeven. Zijn ouders en Petra's ouders gingen, samen met de politie, onmiddellijk op pad om de buurt te doorzoeken. De

Pillays en de Andalees waren geschokt en tegelijkertijd opgewonden over Petra's nieuws, maar er was nu geen tijd voor uitleg. Calder's verdwijning was een serieuze zaak.

Een buurman bleef in het huis van de Pillays achter voor het geval Calder terug zou komen. Verderop in de straat bleef Petra thuis bij de jongere kinderen, die allemaal sliepen. Nog steeds aangekleed liep ze te ijsberen in de hal. Waar zou Calder naar toe zijn gegaan? En hoe was hij ontkomen aan die man die zo hard kon lopen?

Ze ging op de trap voor het huis zitten. Wat nu als de man Calder op de speelplaats iets had aangedaan en hem toen ergens naar toe had gesleept? Ze probeerde het zich niet voor te stellen. *Positief denken*, zei ze tegen zichzelf. Calder zou dat nooit laten gebeuren.

Ze vroeg zich af waar ze het schilderij zou laten als ze de dief was en onopgemerkt uit Hyde Park wilde ontsnappen. Daar kon ze tenminste over nadenken.

Ze stelde zich de Vrouw voor, gewikkeld in fluweel onder haar trui. *Laat me zien waar je bent,* dacht Petra. *Alsjeblieft, help me je te vinden.* Opeens voelde ze, wíst ze, dat de Vrouw vlakbij was. Zou de dief haar onder iemands veranda hebben gestopt? In een compostbak, of onder een hoop bladeren of in het struikgewas? Nee, hij zou niet zo stom zijn haar in gevaar te brengen. Ze dacht aan een garage, maar die zaten meestal op slot. Toen kreeg ze een ander idee.

Petra pakte een sneeuwschep uit de hal en ging de voordeur uit. Haar broertjes en zusjes zouden niet wakker worden, en trouwens, dit zou maar even duren. Ze zou voorzichtig zijn.

De boomhut van de Castigliones was vlakbij. Hun kinderen waren al groot en hij werd nauwelijks meer gebruikt. Petra nam zich voor dat ze gewoon even zou kijken of iemand voetafdrukken in de sneeuw onder de hut had achtergelaten. Zo ja, dan zou ze teruggaan en de politie bellen.

Ze deed de voordeur zachtjes achter zich dicht. Er reed een politieauto aan het eind van de straat. Hij ging de andere kant op, het geluid van de motor stierf weg. Stilte. De maan was vol en helder.

Petra stapte de achtertuin van de Castigliones in en hield de sneeuwschep als een wapen tegen zich aangedrukt. En toen zag ze de sporen van laarzen die eindigden onder de boom. De sneeuw was vertrapt. De voetstappen hadden de maat van een volwassen man.

Ze bleef even stilstaan, luisterde en keek omhoog naar de boomhut. Als die voetafdrukken van de dief waren, zou hij dan nog daarboven zijn? Het was al meer dan een uur geleden dat hij het schilderij uit de auto had meegenomen. Waarom zou hij daarboven in de kou blijven zitten en wachten tot hij zou worden ontdekt?

Er was maar één spoor met voetafdrukken, maar Petra wist uit ervaring dat je de boomhut ook kon verlaten door je langs een grote tak te laten zakken, en dan op het hoge stuk langs de treinrails te springen. Hij kon de Vrouw hebben verstopt en toen onopgemerkt een trein of bus hebben genomen.

De boomhut was een klein bouwsel met een raam van glas erin. Hij was min of meer bestand tegen regen, dus hij kon dienst doen als een veilige verstopplaats. Ze maakte een sneeuwbal en gooide hem tegen de hut. Hij plofte zachtjes tegen de zijkant. Ze gooide er nog een paar. Als er iemand binnen was, hoopte ze dat hij naar buiten zou kijken en dan kon ze wegrennen.

Niets.

'Hé, jij daar!' riep ze met een bibberige stem.

Geen antwoord.

Petra moest het doen. Ze zette de sneeuwschep tegen de boom en begon te klimmen.

Een voet, een hand, andere voet, andere hand...

Petra telde terwijl ze klom. Toen ze de twaalfde plank pakte, probeerde ze het bonken in haar keel te laten zakken. Ze was nu vlak onder het luik. Ze wachtte, ademde diep in en uit en luisterde. Haar hartslag leek te fluisteren, *twaalf, twaalf, twaalf, twaalf.*

Zachtjes duwde ze tegen het luik. Geen geluid van binnen. Geen grote hand die het dichtsloeg of het openrukte.

Ze duwde harder. Het luik viel met een klap open.

Ze stapte op de volgende trede en gluurde naar binnen.

'Calder!' bracht ze hijgend uit.

Hij lag op zijn zij, opgerold in een U-vorm om het pakket. Ze schudde hem bij zijn schouder. Ze pakte zijn hand, tikte er tegen en wreef hem. Hij was ijskoud.

'O, Calder! Wat is er met je gebeurd?'

Zijn ogen gingen open en weer dicht. 'Gooide me van de glijbaan... hoofd doet pijn... maar ik ben hem gevolgd...'

'Het is goed, praat maar niet. We zijn nu bijna veilig... jij, ik en de Vrouw,' zei Petra sussend. Ze trok haar jas uit, wikkelde Calder erin en ging snel de ladder af om hulp te halen.

'Je raadt het nooit,' mompelde Calder.

Hoofdstuk 24 DE STUKKEN

✖✖✖Oude Fred werd vroeg in de morgen dood in een trein gevonden, hij had een zware hartaanval gehad. Hij droeg laarzen die op de voetafdrukken onder de boomhut van de Castigliones leken.

Al was Fred's baard weg en droeg hij een andere bril, Calder had hem herkend aan zijn stem. Fred had hem van de glijbaan gegooid en Calder had bij de val zijn hoofd bezeerd. Hij deed net of hij bewusteloos was. Toen Fred weg was, was Calder opgestaan. Zijn hoofd bonsde, hij was duizelig en er was geen spoor van Petra. Hij hoopte met heel zijn hart dat ze hulp had gevonden voor Fred haar had ingehaald.

Calder begon zijn weg naar huis, wankelend door achtertuinen. Hij rustte net uit in de struiken toen Fred langs kwam rennen met de Vrouw onder zijn arm. Calder lag in de sneeuw onder de struiken en zag hoe Fred met het schilderij de boomhut van de Castigliones inklom. Toen hij een tak luid hoorde kraken en zag dat Fred naast de treinrails opkrabbelde, wist hij dat er geen tijd meer was om hulp te gaan halen. Hij moest de Vrouw naar beneden brengen. Fred kon ieder moment iemand sturen om haar mee te nemen.

Calder strompelde Harper Avenue over en probeerde in Fred's voetstappen te gaan staan, zodat hij geen sporen achter zou laten. Daarna klom hij naar boven. Toen hij boven kwam en zag dat het schilderij veilig was, ging hij even zitten om bij te komen en was bewusteloos geraakt. Vlak daarna had Petra hem gevonden en waarschijnlijk daarmee zijn leven gered. Hij had een zware hersenschudding, maar kon de volgende dag toch met zijn vriendin een stuk verjaardagstaart eten. Petra herinnerde hem eraan dat ze nu quitte stonden. Hij had waarschijnlijk haar leven gered door Oude Fred af te leiden, waardoor zij met het schilderij kon wegrennen.

✖✖✖Fred Steadman bleek in het echt Xavier Glitts te heten. Hij was de leider van een internatonale misdaadorganisatie. De FBI ontdekte dat Glitts academische titels had behaald aan de Sorbonne en aan de universiteit van Princeton. Zijn bijnaam in de wereld van kunstdiefstallen was 'Glitterman'. Hij stond bekend om zijn identiteitsverwisselingen, en wist altijd weer in en uit onmogelijke situaties te raken. Naast zijn huis in New York had hij een appartement in Londen en een in Rome. Al zijn gegevens over de diefstal van *Schrijvende vrouw in het geel* doken op in een bankkluis in Zwitserland.

Xavier Glitts had een klant die al jarenlang speciaal

dit meesterwerk van Vermeer wilde hebben. De verzamelaar, zelf een slimme misdadiger, zou Glitts zestig
miljoen dollar voor de Vrouw betalen, maar wilde er
zeker van kunnen zijn dat de politie de diefstal nooit
zou oplossen.

Glitterman had een geniaal plan bedacht. Hij zou
zich voordoen als een idealistische dief. Hij koos Hyde
Park als de perfecte gemeenschap om zich te verstoppen, en de rol van Zelda Segovia's echtgenoot als perfecte vermomming.

Kort nadat hij en Zelda waren getrouwd, gingen ze
naar een geldinzamelingsdiner de Universiteitsschool.
Daar kletste hij met een jonge onderwijzeres genaamd
Isabel Hussey, die op bezoek was in Chicago en net
was aangenomen om daar in de herfst les te gaan
geven. Hij ontdekte dat ze een opleiding had als
kunsthistorica en discussieerde met haar over
Vermeer, waarbij hij deed alsof hij zelf niets van het
werk van de schilder afwist. Alle ideeën over het wel of
niet toeschrijven van bepaalde werken aan Vermeer
die in de brieven van de dief stonden, waren van juffrouw Hussey.

Bij de archieven van de Universiteit van Chicago
raakte hij op vertrouwelijke voet met een van de bi-
bliothecaressen, die hem vertelde over een geheime
bergplaats in Delia Dell Hall. Een bergplaats waarvan

men dacht dat hij onder de hoofdtrap lag. Glitts had haar verteld dat hij onderzoek deed naar geheime bergplaatsen in de grootste universiteiten van de wereld en dat hij al had gehoord dat er verschillende bestonden in Oxford, Harvard, Parijs en in de Universiteit van Salamanca. De bibliothecaresse van de Universiteit van Chicago was maar al te graag bereid alles wat ze wist te vertellen.

Toen Glitts in Harper Avenue woonde, hoorde hij over Louise Sharpe, die erg teruggetrokken leefde, en al snel ontdekte hij dat ze de weduwe was van Leland Sharpe. Zij had, net als juffrouw Hussey, hartstochtelijke gevoelens voor Vermeer's werk. Het was bijna te mooi om waar te zijn.

En toen ontmoette Glitts Vincent Watch bij Powell's. Ze praatten wat en meneer Watch zei dat zijn twee grote liefdes kunstboeken en mysteries waren, en dat hij hoopte eens een kunstmysterie te schrijven dat ging over echte twistpunten in de kunstwereld. Hij was nog niet toegekomen aan het schrijven van zo'n boek, maar hij droomde er al jaren van. Glitts had vol sympathie geknikt.

Volgens een document dat de FBI in Glitt's bankkluis had gevonden, kwam hij op het idee van de drie brieven omdat hij de autoriteiten in verwarring wilde brengen en drie verdachten wilde creëren. Daarna had hij met veel plezier de brieven geschreven die in de kranten werden gepubliceerd, en de reactie van het publiek gevolgd. Zijn diefstal was een wereld-gebeurtenis geworden die zijn gelijke niet kende, en voor duizenden mensen was hij een held geworden. Hij vond het alleen jammer dat niemand ooit zou weten dat hij er verantwoordelijk voor was.

Nadat hij de brief had geschreven waarin hij dreigde het schilderij te verbranden, en waarin hij zei dat hij 'oud was en niet lang meer zou leven' – overduidelijk in de hoop als mevrouw Sharpe te klinken – was Glitts van plan geweest *Schrijvende vrouw in het geel* uit de geheime bergplaats te halen. Daarna wilde hij haar afleveren in ruil voor zijn zestig miljoen dollar en de wereld laten geloven dat ze verbrand was. Hij was er zeker van dat geen enkel museum ter wereld zou doen wat hij in zijn laatste brief vroeg.

De FBI dacht dat hij net zijn auto had geparkeerd, op de avond dat hij terug was gegaan naar Delia Dell Hall, toen het alarm was afgegaan. Hij had Calder en Petra weg zien rennen en vanaf dat moment waren de din-gen verkeerd gelopen.

✖✖✖Tijdens het onderzoek ontdekte de FBI dat mevrouw Sharpe veel geld had, en dat ze na de diefstal een grote schenking had gedaan aan het Nationale

Kunstmuseum. Ze legde met ijzige stem uit dat ze anoniem had willen blijven, ze hield niet van publiciteit na al het tumult over de dood van haar man. Ze had verzocht het geld te besteden aan bijeenkomsten van Vermeer-geleerden, om uit te zoeken welke Vermeers echt waren, en aan de diefstal. Toen het geld werd gebruikt voor *Het Vermeer-dilemma* was ze verbaasd, maar ze kon er nauwelijks iets tegenin brengen, gezien haar verzoek.

✖✖✖Juffrouw Hussey was geschokt toen ze van mevrouw Sharpe had gehoord wat Calder en Petra allemaal hadden gedaan om haar te beschermen. Ze had nog nooit in een grote stad gewoond en had zich die herfst eenzaam en zich nog niet echt thuis gevoeld. Ze had een vreemde brief gekregen. Toen het schilderij was gestolen en ze besefte dat ze dezelfde ideeën over Vermeer's werk had als de dief, was ze bang geweest. En het bedenken wat ze met de brief aanmoest, was de druppel die de emmer deed overlopen. Ze had niemand om mee te praten in Chicago – niemand, behalve haar leerlingen.

✖✖✖Zelda Segovia was geschokt dat ze zich tot een huwelijk met een professionele misdadiger had laten verleiden. Ze wist niets van Xavier Glitts of zijn duistere zaken. Toen Tommy ontdekte dat de echte bijnaam van zijn stiefvader Glitterman was, snoof hij luid. 'Zou beter Kwetterman kunnen zijn. Ik heb nog nooit zo veel geklets gehoord in mijn hele leven. De manier waarop hij dingen beloofde en ze dan weer probeerde af te pakken... Wat een gluiperd.'

✖✖✖Frank Andalee voelde zich vreselijk schuldig dat hij zijn dochter die dag in Delia Dell Hall zo had laten schrikken. Hij had een oude afdruk uit een van de natuurkundelaboratoria afgeleverd aan de man met de grote wenkbrauwen, die voor de universiteit werkte als pr-man. Petra's vader ging die winter op een andere afdeling werken en voelde zich veel gelukkiger.

✖✖✖Vincent Watch had wekenlang met de brief op zak gelopen. Hij vond het stiekem heel spannend dat hij hem constant bij zich had. Hij wilde niet naar de politie gaan voordat hij zeker wist dat de dief geen contact meer met hem zou zoeken. De dief zou een interessant voorstel kunnen doen dat hij in zijn boek zou kunnen gebruiken. De brief was een goede manier om een kunstmysterie mee te beginnen. Toen hij hoorde dat mevrouw Sharpe en juffrouw Hussey de andere twee waren die een brief hadden gekregen, besloot hij mevrouw Sharpe in vertrouwen te nemen.

Hij wist dat ze er niet over zou praten en ze kon hem advies geven of hij nou wel of niet naar de politie moest gaan.

Na Calder's laatste bestelling bij mevrouw Sharpe ging meneer Watch, op weg naar huis, bij haar langs. Toen hij de brief uit zijn zak wilde halen om hem haar te laten zien, merkte hij dat deze verdwenen was. Hij snapte maar niet hoe dat had kunnen gebeuren. Hij moest hem niet goed in zijn zak hebben gestopt, zodat de brief eruit was gevallen tijdens zijn wandeling door Harper Avenue. Hij vond het vreselijk, maar mevrouw Sharpe was vriendelijk en praktisch. Ze waren het erover eens dat het geen zin had om de autoriteiten te laten weten dat hij de derde brief had ontvangen. Hij had geen bewijs. Het zou alleen maar dom lijken.

Dit was, vreemd genoeg, de tweede keer dat hij de brief was kwijtgeraakt. Hij had weken eerder een kopie gemaakt, voor het geval hij het origineel kwijt zou raken, en die had hij op de een of andere manier verloren tussen de kopieerwinkel en Powell's. Het was bijna griezelig.

Dat was de brief die Petra in de wind had zien rond-cirkelen, maar omdat meneer Watch het niet aan mevrouw Sharpe had verteld, kwam Petra er nooit ach-ter waar hij vandaan kwam. Ze vertelde aan mevrouw Sharpe dat ze de derde brief tussen de frambozenstruiken had gevonden. Ze vonden allebei dat deze serie gebeurtenissen Charles Fort erg zou hebben geboeid.

✖✖✖Zodra de FBI klaar was met hun onderzoek kwamen mevrouw Sharpe, Calder en Petra weer bij elkaar om thee te drinken in de keuken van mevrouw Sharpe. Deze keer waren de tulpen geel.

Mevrouw Sharpe prees de kinderen om hun bijzondere moed en intelligentie. Uit haar mond was dat een erg groot compliment. Na de thee bracht Calder mevrouw Sharpe op de hoogte van alle patronen met twaalf die hij had ontdekt. Hij vertelde haar dat zijn pentomino's hem boodschappen leken te geven. Hij legde uit dat hij er zeker van was dat er nog meer twaalven in het spel waren.

Mevrouw Sharpe's ogen werden spleetjes, net zoals de keer dat Petra haar in het ziekenhuis had verteld over haar droom. De oude vrouw was erg stil. Ze vertelden haar over het vrouw-plank-druif-fluit-vindt-moment op de trap in Delia Dell. Ze vroegen haar of ze die woorden met opzet had gezegd.

'Ik wou dat het waar was,' zei ze met een bijna weemoedige glimlach.

Ze bedankte hen omdat ze zulke geweldige geheimen met haar wilden delen, en ze beloofde dat ze die geheimen nooit aan iemand anders zou vertellen – niet zonder hun toestemming. Op de een of andere manier wisten Calder en Petra dat ze haar konden vertrouwen.

Toen vertelde ze hun een geheim van haarzelf, en vroeg hen het geheim te houden tot na haar dood. Ze stemden daar meteen mee in en Petra gaf de benige hand van mevrouw Sharpe een kneepje.

Mevrouw Sharpe vertelde een paar dingen uit haar verleden die Calder en Petra al wisten. Ze zei dat ze vlak voordat haar man, Leland, was vermoord een brief van hem had gekregen waarin hij zei dat hij een ongelooflijke ontdekking had gedaan. Een ontdekking over Vermeer's schilderijen die grote opschudding zou veroorzaken onder de kunsthistorici overal ter wereld. Hij kon niet wachten om het haar te vertellen, maar wilde het nieuws bewaren tot hij 'veilig en wel in Hyde Park' zou zijn. En toen, op de dag dat hij naar Chicago terug zou vliegen, werd zijn lichaam gevonden bij het Rijksmuseum in Amsterdam. Hij was gedood door een klap op zijn hoofd. Zijn agenda zat nog in zijn koffer, die in het hotel was achtergebleven. Toen mevrouw Sharpe een paar weken later in zijn agenda keek, zag ze *1212*, in zijn handschrift, haastig neergekrabbeld bij de dag van zijn dood. Ze vertelde het aan de politie, maar niemand kon er iets van maken. Betekende het twaalf minuten na twaalf uur 's middags, of 's nachts? Was het het getal 1.212? Ze kon er zelf ook niet achterkomen.

De politie had nooit iemand opgepakt en het mysterie was in de loop der jaren vervaagd.

Nadat ze dit de kinderen had verteld, zat mevrouw Sharpe een poosje zwijgend naar de tafel te staren. Toen knipperde ze snel met haar ogen, ging rechtop zitten en snoot haar neus. Ze ging verder op haar gewone, zakelijke toon: 'Ik was vastbesloten om verder te gaan op het punt waar Leland was gebleven, maar ik heb nooit precies kunnen ontdekken wat hij had ontdekt. Sinds die tijd heb ik alles over Vermeer bestudeerd wat maar mogelijk was. Ik zwoer dat ik alle nieuwe onderzoeken naar zijn leven of schilderijen zou ondersteunen. En toen, afgelopen herfst, gebeurde er iets vreemds met me. En dat is het deel waarvan ik wil dat jullie het geheim houden.'

Mevrouw Sharpe zei dat de vrouw van *Schrijvende vrouw in het geel* tegen haar had 'gezegd' dat ze de naam van Vermeer moest zuiveren. Dat ze de wereld ervan moest overtuigen dat een aantal van zijn schilderijen door zijn volgelingen was gemaakt. Ze had bladzijden vol berichten gekregen, woorden, zei ze, die ze alleen maar had opgeschreven. Calder en Petra keken elkaar aan toen mevrouw Sharpe verdween om een vel papier van de stapel naast de computer te pakken. Daarna ging ze weer aan de keukentafel zitten. Dit is wat ze oplas:

Mijn leugen is dat ik alleen maar doek en verf ben. Mijn waarheid is dat ik leef. Sommigen zullen dat afdoen als verbeelding, maar dat is het niet. Kunst gaat, zoals je weet, over ideeën. Ik ben net zo echt als jouw blauwe porselein of de jongen met de doos of het meisje dat over me heeft gedroomd. Ik ben hier erg aanwezig.

Toen ze zag hoe ernstig de gezichten van de kinderen waren geworden, stopte mevrouw Sharpe om hen gerust te stellen. 'Ik vertel dit om jullie duidelijk te maken wat ik begin te begrijpen: iets veel machtigers dan elk van ons heeft ons allemaal samengebracht. Al dacht Xavier Glitts dat hij de macht in handen had, hij was alleen maar een detail van het plaatje. Vergeef me de woordspeling. Iets was in staat om met ieder van ons, inclusief de dief, op de juiste manier te communiceren.'

Met een flauwe glimlach reikte mevrouw Sharpe over tafel om een tulp recht te zetten. De bloemblaadjes vingen het licht van de middagzon en vulden zich met kleur, een heldere kop citroen in het winterlicht. Opeens herinnerde Petra zich dat ze die herfst een blad had opgepakt in Harper Avenue, en dat ze was getroffen door de gedachte dat geel de kleur van verrassing was.

✖✖✖Calder ontdekte inderdaad meer twaalven. Eerst maakte hij een lijst:

Petra Andalee
Calder Pillay
Walter Pillay
Yvette Pillay
Frank Andalee
Norma Andalee
Isabel Hussey
Louise Sharpe
Tommy Segovia
Zelda Segovia
Vincent Watch
Xavier Glitts (ook bekend als Fred Steadman)

Er waren twaalf namen, en elke naam had twaalf letters. Mevrouw Sharpe kreeg een kleur van plezier toen Calder haar de lijst liet zien, en na even nadenken, zei ze langzaam: 'Ja, wat vreemd... de boodschap "1212" heeft ook twaalf letters als je het spelt, en ook de naam van het schilderij, *Schrijvende vrouw in het geel,* tenminste in het Engels, *A Lady Writing.*' Ze herinnerde Calder en Petra eraan dat Charles Fort niet in toeval geloofde. Hij had het gevoel dat dingen vaak verband met elkaar hielden op een manier die nog niet in wetenschappelijke termen kon worden uitgelegd. Maar als dit alles geen toeval was, wat was het dan?

Calder en Petra vonden het allemaal behoorlijk griezelig. Ze waren erg blij dat ze er met mevrouw Sharpe over konden praten. Ze vonden het heel bijzonder dat ze in het ziekenhuis ongeveer hetzelfde als Picasso had gezegd over kunst, leugens en de waarheid. Misschien waren de grootste ideeën wel erg eenvoudig. Of misschien pasten bepaalde ervaringen in het leven wel in elkaar als pentomino's. Misschien maakte het verstrijken van de tijd, hoe lang ook, niet uit als er iets echt belangrijks gezegd moest worden.

Als er twaalf namen bij betrokken waren, en als elke naam een stukje van een heel grote puzzel was, pasten die twaalf dan ook op andere manieren in elkaar? Na veel kopjes thee vonden Calder, Petra en mevrouw Sharpe een aantal vreemde verbanden.

Het meest schokkende was dat de eerste letter van de voornaam van ieder persoon op Calder's lijst een pentomino was. 'De U is mijn C,' legde Calder uit. 'Het is gewoon een kwestie van een kwartslag draaien, niet eens omdraaien. Ik hield er toch al niet van om de U als U te gebruiken.'

Calder besefte toen dat als je deze twaalf mensen beschouwde als pentomino's, je zag dat sommige makkelijker in rechthoeken pasten dan andere. De X bij voorbeeld, was de moeilijkste pentomino om mee te werken. Maar de U (of C) en de P konden makkelijk bij veel oplossingen worden gebruikt. De L (Louise) paste makkelijk aan de I (Isabel), en de W (Walter) aan de Y (Yvette), of de F (Frank) aan de N (Norma)... Calder's gedachten sloegen op hol. Toen herinnerden en hij Petra zich wat juffrouw Hussey aan het begin van het schooljaar had gezegd: *De brief is dood.* Nou, de zender van de brief in elk geval wel, bedachten ze grimmig: de X.

Al stond de naam van Leland Sharpe niet op de lijst, Calder ontdekte dat de eerste letter van zijn voornaam begon met de twaalfde letter van het alfabet. Petra zei dat de L een erg handige pentomino was die makkelijk in de meeste rechthoeken paste. 'Ja, het lukte hem altijd om zich aan elke nieuwe situatie aan te passen.' Mevrouw Sharpe snoof en keek blij. 'Hij was dol op puzzels en codes, weet je. Hij zou pentomino's erg leuk hebben gevonden.'

Isabel Hussey en Louise Sharpe bleken allebei nakomelingen te zijn van hetzelfde lid van de familie Coffin op Nantucket Island. Ze hadden er ook allebei gewoond. Mevrouw Sharpe had de brief geschreven waar over ze Calder en Petra had verteld.

Nadat het mysterie was opgelost aten juffrouw

Hussey en mevrouw Sharpe vaak samen in Hyde Park. Ze hadden genoeg om over te praten en hielden van elkaars manier van denken. Het schooljaar vorderde en juffrouw Hussey was niet alleen een superjuf, maar werd ook steeds meer een vriendin voor Petra en Calder. Met z'n drieën gingen ze na schooltijd vaak naar Fargo Hall om warme chocolademelk te drinken.

Petra liet juffrouw Hussey haar exemplaar van *Lo!* zien. De klas probeerde nog dingen aan Charles Fort's beschrijvingen toe te voegen en de leerlingen bestudeerden het begrip toeval. Was het, zoals een aantal geïnteresseerde wetenschappers geloofde, niet meer dan de menselijke fascinatie voor patronen? Of was er meer?

Frank en Norma Andalee en Walter en Yvette Pillay bleken allemaal drieënveertig jaar te zijn. Ze waren allemaal twaalf in het jaar van Leland Sharpe's dood, eenendertig jaar geleden. Mevrouw Sharpe en de kinderen vroegen zich af of er een verband bestond met de publicatie van *Lo!* in 1931. Ze beseften ook, met een huivering, dat Vermeer drieënveertig was toen hij stierf.

Petra's vader vertelde Petra nog iets ongelooflijks: Een deel van zijn familie had eeuwenlang in Nederland gewoond, niet ver van Delft. De familiearchieven waren onvolledig, maar het was heel goed mogelijk dat

Petra familie was van een lid van Vermeer's familie. Petra liep dagenlang met haar hoofd in de wolken.

Calder ontdekte bij zijn verdere speurwerk dat Johannes Vermeer heel plotseling was ingestort, in december 1675. Hij werd begraven in de Oude Kerk in Delft, op 16 december. Men dacht dat hij een paar dagen eerder was gestorven, waardoor 12 december misschien wel de laatste, echte dag van zijn leven was geweest. Naast de verjaardag van Petra en Calder was het ook de laatste, bewuste dag geweest van het leven van Xavier Glitt.

En dan had je Kikker nog. Toen Petra zich Fort's zin *We kunnen een bestaan vermoeden door de kikkers* herinnerde, wees ze Calder erop dat het misschien een soort vreemde aanwijzing was geweest. Misschien hadden ze het bestaan van Glitterman moeten ontdekken door Kikker.

Een aantal weken na de terugkomst van de Vrouw in het National Gallery, werden de kaartjes naast een aantal schilderijen van Vermeer stilzwijgend veranderd in: TOEGESCHREVEN AAN JOHANNES VERMEER. Om dat te vieren gingen Calder en Petra met mevrouw Sharpe naar Hotel Drake om thee te drinken. Daar vertelde ze hen dat er binnenkort cadeaus bij hun huizen zouden worden afgeleverd. Ze gaf Calder een antieke wereldbol en een echt oosters tapijt dat sprekend leek op dat van de Geograaf. Ze gaf haar schrijftafel, een elegant zeventiende-eeuwse prachtexemplaar, aan Petra. Ze gaf haar ook een parelketting, afkomstig uit Nederland.

Calder en Petra vertelden in hun interviews met de pers niet het hele verhaal. Ze hadden het nooit over Petra's droom, Calder's manier om problemen op te lossen, Charles Fort, de twaalven, of de blauwe M&M's. Ze wisten niet of de wereld dat al aankon. En ze wisten nog steeds niet helemaal zeker wat er nu echt was gebeurd en wat niet.